W0249585

L'HEURE DE HACHI

Les mémoires d'un chat, Gaiden* 1

* En japonais, le mot *"gaiden"* désigne, dans le domaine du manga ou du jeu vidéo, soit une histoire parallèle à l'histoire principale, soit un complément à celle-ci. *(Toutes les notes sont de la traductrice.)*

AU REVOIR LES CHATS !

DU MÊME AUTEUR

LIBRARY WARS : LOVE & WAR (15 vol.), Glénat, 2010-2016.
LIBRARY WARS : TOSHOKAN SENSO (4 vol.), Glénat, 2010-2016.
LES MÉMOIRES D'UN CHAT, Actes Sud, 2017 ; collector, 2019 ; Babel n° 1747.
AU PROCHAIN ARRÊT, Actes Sud, 2021 ; Babel n° 1876.

Crédit des illustrations pages 184-185
© Sukumo Adabana (Hishiwo Miyazawa)

Titre original :
Mitorineko
Éditeur original :
Kōdansha, Tokyo

ISBN 978-2-330-18408-7

HIRO ARIKAWA

Au revoir les chats !

nouvelles traduites du japonais
par Sophie Refle

ACTES SUD

Il se réveilla dans une boîte.

Quand il regarda autour de lui, il aperçut un autre chaton de sa portée, au pelage duveteux blanc, avec des taches beiges et noires. Où étaient passés ses autres frères et sœurs qui lui ressemblaient ? Ils n'étaient que deux dans le carton.

Un rai de lumière filtrait par le couvercle mal fermé.

Sa mère viendrait s'il miaulait. Il poussa plusieurs miaous énergiques. L'autre chaton en fit autant.

Bientôt le couvercle s'ouvrit, mais au lieu de sa mère, un garçon qu'il n'avait jamais vu apparut. Et derrière lui, le ciel bleu.

L'air ébahi, l'enfant fixait l'intérieur du carton des yeux. Puis il entendit un cri émerveillé.

— Ouah… des chats ! s'exclama un autre garçon debout derrière le premier. Qu'est-ce qu'ils font là ?

— Quelqu'un a dû les déposer ici.

— Trop mignons !

Le nouveau venu tendit la main à l'intérieur et se mit à caresser les deux chatons. Son camarade l'imita aussitôt.

— Et si on les prenait ?

La suggestion venait du deuxième garçon qui le souleva par en dessous avec les deux mains à plat, comme une pelle. Le premier en fit autant avec l'autre.

— Ils ont été abandonnés, non ?

— Oui, sans doute, répondit le premier garçon.

— C'est dégoûtant, murmurèrent-ils tous les deux.

— Il faut qu'on y aille ! Sinon on sera en retard à la natation.

— T'as raison.

Ils étaient d'accord là-dessus, mais ne se relevèrent pas immédiatement.

— Allez Satoru, on y va !

Ce n'est qu'après cette injonction du premier petit garçon que Satoru se résigna à reposer le chaton.

Bientôt, le bruit de leurs pas disparut.

Un peu plus tard, une nouvelle ombre obscurcit le carton. Cette fois-ci, c'était celle de petites filles coiffées de la casquette jaune des élèves du cours préparatoire.

— Trop mignons !

Elles le répétaient toutes. Des mains les soulevèrent sans gêne, lui et son frère.

— Les pauvres, ils ont été abandonnés !

— Peut-être que je vais en rapporter un chez moi.

— Tu crois que tes parents seront d'accord pour le garder ?

— J'en sais rien, mais ils sont tellement mignons ! Je suis sûre que maman voudra bien quand elle le verra.

— Et tu me laisseras jouer avec lui quand je viendrai chez toi ?

— Bien sûr ! C'est lequel, le plus mignon des deux ?

Les petites filles commencèrent leur évaluation, les soulevant tous les deux plusieurs fois, pour les regarder sous tous les angles.

— Je crois que je vais prendre celui-là.

— Celui-là ? Mais sa queue est tordue, c'est trop bizarre !

— Tu trouves ? Je vais prendre l'autre, alors.

La petite fille le reposa dans le carton et prit l'autre, dont la queue, contrairement à la sienne, n'était pas tordue, mais toute droite.

C'est ainsi que disparut le dernier frère qui lui restait. Il ne tarda pas à se sentir très seul et il se mit à miauler. Sa mère était venue chaque fois qu'il l'avait fait jusqu'à présent. Mais il eut beau s'obstiner, elle ne se montra pas.

Bientôt, la fatigue le gagna, et sa voix faiblit. Il ne réussit plus à lutter contre la somnolence, et sombra sans même s'en rendre compte dans le sommeil, pelotonné sur lui-même.

Des chuchotements le réveillèrent. Quand il regarda d'où ils venaient, il reconnut les garçons qui avaient parlé de natation.

— Je me demande ce qui est arrivé à l'autre.

Ils parlaient sans doute de son frère qui n'était plus là.

Les garçons chuchotèrent longtemps sans le quitter des yeux.

— Je ne sais pas si mes parents seraient d'accord, ce serait trop bien s'ils l'étaient…

— Je vais demander à maman si on peut le garder, finit par souffler celui que l'autre avait appelé Satoru, comme s'il avait pris une décision.

— Ah ben non, c'est triché, ça…

Satoru sursauta en entendant ce reproche.

— Parce que c'est quand même moi qui l'ai trouvé, d'abord, ajouta l'autre.

— Pardon, Kōchan, fit Satoru. Puisque c'est toi qui l'as trouvé, il est à toi, c'est vrai.

Kōchan souleva la boîte avec le chaton dedans et la rapporta chez lui. Mais…

— Il n'en est pas question ! Je ne veux pas de chat ici !

L'homme que Kōchan avait appelé "papa" paraissait décidé à ne pas laisser le chaton entrer chez lui. Kōchan fit tout ce qu'il put pour essayer de le persuader du contraire, mais comprit vite que cela ne servirait à rien et repartit de chez lui en larmes, la boîte dans les bras. Allait-il à nouveau être abandonné ?

En réalité, Kōchan avait décidé d'aller chez Satoru.

— Qu'est-ce qui t'arrive, Kōchan ?

— Mon père ne veut pas…

— Hum, je vois, répondit Satoru à Kōchan qui sanglotait. Laisse-moi faire, j'ai une super idée.

Il sortit de chez lui en tenant Kōchan par le bras. Lorsqu'une voix venue de la maison lui demanda où il allait, il répondit gaiement qu'il sortait juste faire une petite fugue avec son copain.

— J'ai un plan, annonça-t-il à Kōchan avec enthousiasme. On va faire comme dans le livre que j'ai lu à l'école l'autre jour. Un garçon trouve un petit chien. Son père ne veut pas en entendre parler et lui dit de l'abandonner, mais le garçon ne veut pas, alors il s'enfuit de chez lui. Son père le cherche toute la nuit, et à la fin, il l'autorise à le garder à condition qu'il soit responsable et qu'il nettoie tout si le chien fait des bêtises.

Autrement dit, d'après lui, Kōchan n'avait qu'à faire une fugue avec le chaton. Kōchan n'était pas convaincu, mais il n'osa pas le dire à Satoru.

Les deux garçons s'installèrent sur un banc du parc pour manger des bonbons et donner au chat une boîte de nourriture, une pâtée délicieuse et très nourrissante que celui-ci dévora car il était affamé. Les deux garçons éclatèrent de rire lorsqu'il éternua, le nez dans la pâtée.

Les choses ne se passèrent malheureusement pas comme dans le plan de Satoru.

— Ça suffit maintenant !

C'était la voix du père de Kōchan, qui ajouta d'un ton véhément qu'il était temps de cesser ces bêtises et de rentrer à la maison.

— Ennemi en vue ! Sauve qui peut !

Après ce cri de Satoru, le carton se mit à tanguer violemment. Les deux enfants avaient détalé comme des lapins, sans lâcher la boîte.

À l'intérieur, le chaton ne savait plus où se trouvaient le haut et le bas.

Bientôt, les secousses prirent fin, le couvercle s'ouvrit, et il vit le visage préoccupé des deux enfants.

— Il n'a pas mal au cœur au moins ? Il a été assez secoué.

Il poussa un miaulement strident, pour leur faire comprendre qu'il ne voulait pas que ça recommence.

— Un chat qui miaule !

— Ils sont sur la terrasse !

Il reconnut la voix forte du père de Kōchan parmi celles d'autres adultes.

— Kōsuke, c'est bientôt fini, ces bêtises ?

Kōchan prit peur.

— C'est ta faute, Satoru ! Menteur ! Ça n'a pas du tout marché, ton truc ! geignit-il.

— Non, rien n'est encore joué. Le cours du match peut encore être inversé.

— Que tu crois, oui !

Les deux amis commencèrent à se disputer. Les adultes qui les poursuivaient discutaient apparemment de la manière de coincer les fuyards.

— Là-bas ! On peut monter par l'escalier de secours !

Fou de rage, le père de Kōchan s'apprêtait apparemment à le faire.

— On est cuits.

Le chat ne comprit pas comment ils étaient cuits, mais tant qu'il n'était plus secoué en tous sens, cela lui était égal.

— Que personne n'approche ! Si quelqu'un approche, il va se jeter en bas ! cria Satoru.

Cette déclaration déclencha un brouhaha.

— C'est ce que Kōchan a dit !

— Hein ?

Kōchan n'était visiblement pas du tout d'accord. Il reprocha à son ami de dire n'importe quoi, et les deux garçons recommencèrent à se quereller.

— C'est vrai, Satoru ?

— Oui, oui ! Il a enlevé ses chaussures* !

Les adultes recommencèrent à pousser des cris.

— Kōsuke ! tu vas arrêter ces conneries !

De nouveau, c'était la voix furieuse de son père.

— Attends un peu que je monte ! Je vais t'apprendre à faire des caprices d'enfant gâté, moi !

— Non, ne faites pas ça, m'sieu ! Kōchan est décidé à aller jusqu'au bout. Il veut faire un double suicide avec le chat !

Le chat n'était pas sûr de tout comprendre, mais il saisissait qu'il était aussi question de lui, et que

* Au Japon, on se suicide pieds nus.

rien de bon ne l'attendait. Son instinct lui disait qu'il fallait filer de là, mais il n'était pas assez fort pour franchir seul les parois du carton.

Les deux garçons continuaient à se disputer.

— Tu pourrais arrêter de jouer avec ma vie sans me demander mon avis ?

— Mais enfin, Kōchan, le chat, tu veux le garder, oui ou non ?

— Oui, je voulais mais… vociféra Kōchan comme s'il était soudain furieux. Tu veux pas plutôt demander à tes parents de garder le chat, toi ?

— Hein ? Tu me donnes le chat ?

— Il me semble que d'habitude, avant de faire se suicider son ami avec un chat, on lui propose de le garder à sa place, non ?

— T'aurais dû le dire tout de suite !

C'est ainsi qu'il était devenu le chat de la famille de Satoru.

De retour à la maison, ses parents le grondèrent vertement.

Cela ne lui coupa pas l'appétit.

Le chat aussi eut droit à un repas. Une gamelle tellement pleine de pâtée qu'il en fit tomber à côté et ne réussit pas à tout récupérer. La mère de Satoru rassembla ce qui avait débordé avec les doigts pour le lui faire manger.

Il était en train de se lécher les babines quand Satoru finit enfin son repas et que les réprimandes s'arrêtèrent.

— Il doit avoir deux mois, non ? dit la mère de Satoru en le frottant derrière les oreilles.

La sensation était si proche de celle de la langue de sa maman quand elle le léchait à cet endroit-là qu'il se mit à ronronner.

— Oh ! Il grogne ! s'exclama Satoru en ouvrant de grands yeux.

— Il ne grogne pas, il ronronne. Les chats font ça lorsqu'ils se sentent bien, expliqua-t-elle.

— Ah bon !

— Et ils aiment ça aussi, ajouta-t-elle en le grattant sous le menton.

Satoru l'imita immédiatement, mais d'une main moins experte.

— Sa queue fait crochet.

— Sa queue fait crochet ?

— Tu vois bien qu'elle n'est pas droite au bout, répondit-elle en la touchant du doigt.

La petite fille l'avait rejeté à cause de cette queue. Mais ici, elle n'était apparemment pas un problème.

— Il faut lui donner un nom ! lança le père.

— J'ai une idée, s'écria Satoru en levant le doigt. Lamborghini ! Lamborghini !

— C'est trop long, dit la mère.

— McLaren ! McLaren !

— Arrête avec tes noms de voitures !

— Pourtant ils sont trop bien !

Satoru et sa mère commencèrent à se disputer. Le père intervint.

— Je préférerais un nom japonais, plus facile à retenir. Pourquoi pas Buchi, parce qu'il a deux couleurs ?

— Non, c'est trop banal !

Ces mots de la mère blessèrent le père.

Satoru pour sa part observait la tête du chat en silence.

— Et si on l'appelait Hachi ?

— Hachi ?

Les parents de Satoru étaient surpris tous les deux.

— Oui, Hachi, comme le chiffre “8” parce qu’il a deux rayures sur le front qui forment ce caractère.

— Tel père, tel fils, soupira la mère. Je me demande si le manque d’imagination est héréditaire.

Elle tourna les yeux vers son mari qui haussa les épaules.

— Bon, l’idée de Satoru est un peu plus raffinée. Et puis le caractère de “8”, ça porte bonheur.

Le nom était adopté. Satoru souleva le chaton et colla son nez au sien.

— Voilà, tu t’appelles Hachi désormais ! Réponds à ton nom !

Le “miaou” que poussa le chat ravit le petit garçon. Ses joues brillèrent.

— Il a répondu ! Il comprend ce qu’on lui dit ! s’exclama-t-il en les frottant au visage du chat.

C’est ainsi que Hachi devint le chat de la famille de Satoru.

*

Au bout de trois jours, il avait oublié les vagues souvenirs qu’il avait de la vie qu’il avait menée avec sa mère et ses frères et sœurs.

Kōchan venait le voir quasi quotidiennement. Ce jour-là, il avait apporté un jouet pour chats.

— Maman me l’a acheté hier au supermarché. C’est la peau de lapin qu’il y a au bout.

Il l’agita devant Hachi, tout près de lui, de gauche à droite.

Celui-ci le suivait des yeux, mais le mouvement était trop répétitif pour lui donner envie de bouger.

— C’est pas comme ça qu’il faut faire !

Satoru lui prit le jouet des mains et le glissa sous un coussin, ne laissant dépasser qu'un petit bout auquel il imprima un mouvement tantôt lent, tantôt rapide.

Hachi s'aplatit sur ses pattes avant, levant par réflexe le derrière en l'air et agitant la queue de gauche à droite, avant de bondir pour saisir le jouet, mais celui-ci lui échappa immédiatement.

Il reprit la même position, sauta à nouveau : le jouet disparut sous le coussin pour réapparaître derrière lui. Hachi fit volte-face et sauta. Trop tard : sa patte ne rencontra que le vide.

— Tu sais bien y faire, Satoru, soupira Kōchan.

— T'as vu ?

Il faisait le malin, mais en réalité, sa mère le lui avait montré. Elle savait jouer encore mieux que lui. Sa famille avait un chat quand elle était enfant.

— J'ai compris. Laisse-moi essayer encore une fois !

Kōchan voulait sa revanche. Il agita le jouet comme l'avait fait son ami, mais un peu trop vite. Hachi suivait ses gestes des yeux sans trouver le bon moment pour bondir.

— Ralentis un peu !

— T'es sûr que Hachi n'est pas un peu idiot ?

— Il n'est pas idiot du tout ! Juste placide !

C'est ce que disaient les parents de Satoru. "Placide", cela voulait dire presque la même chose qu'"idiot", mais d'une manière plus gentille.

Kōchan cessa de remuer le jouet en l'air et le glissa sous le coussin, en laissant un bout en sortir. Hachi réussissait facilement à l'attraper, car le petit garçon n'essayait pas de le tromper.

— C'est l'heure du goûter !

La mère de Satoru leur apporta deux muffins à la vapeur. Peut-être parce qu'il s'y intéressait, Kōchan agitait moins le jouet. Hachi s'en empara et se mit à mâchouiller la peau de lapin avec application.

— Il n'y a pas de raisins secs dedans ?

— Je n'en mets pas toujours.

— T'aurais dû.

— Arrête de te plaindre, fit la mère de Satoru en lui donnant une pichenette sur le front.

— Moi, je préfère ceux au cacao, annonça Kōchan.

Sa mère en ajoutait souvent à la pâte.

— Je n'en avais plus. Cessez de vous plaindre et mangez !

Kōchan eut droit à sa pichenette. Il n'en parut pas malheureux.

Ils se mirent tous les deux à mastiquer, et le jouet ne bougea plus. Frustré, Hachi se jeta sur les orteils de Satoru.

— Mais tu me fais mal ! Arrête !

Au lieu de lui obéir, Hachi recommença.

— Bon, j'ai compris !

Il se leva pour aller fouiller dans la trousse qui contenait les jouets du chaton et en sortit une souris jouet au pelage blanc, avec une fine queue en cuir.

— Tu l'aimes bien, ta souris, non ?

Satoru la saisit par la queue et la fit tournoyer en l'air avant de la lâcher.

— Vas-y !

Hachi se mit à courir pour la rattraper dans le couloir. Il dérapa quand il voulut s'arrêter pour la prendre, ce qui repoussa la souris. Il bondit à sa poursuite.

— Il adore cette souris.

— Et il joue avec elle même tout seul.

— Tu crois qu'il arriverait à en attraper une vraie ?

— Hum…

Un incident quelques mois plus tard apporta une réponse à l'interrogation de Kōchan.

— Oh ! Une souris ! cria la mère de Satoru qui était en train de ranger un placard.

L'animal qui avait jailli d'un espace entre deux planches fila à travers la pièce et croisa le chemin de Hachi.

— Attrape-la, Hachi !

Facile à dire, mais cette souris-là, d'une couleur gris sale, était trois fois plus grande que la blanche qu'il connaissait. Et surtout, elle courait sans qu'on ait besoin de la lancer ou de lui donner un coup de patte. Hachi la regarda, ébahi. Il n'en avait jamais vu de comme ça.

Elle lui fila entre les pattes et se rua vers l'entrée. Stupéfait de ce qui venait de lui arriver, Hachi s'assit.

— Chassons-la dehors ! s'écria le père en courant vers l'entrée, un journal enroulé sur lui-même à la main.

— Satoru, ferme la porte de la salle à manger !

Il obéit à sa mère et s'accroupit ensuite près de Hachi.

— C'est nul pour un chat de se faire battre par une souris !

Hachi trouvait la critique injuste. Cet animal-là n'avait rien à voir avec la souris qu'il connaissait.

— Sois plus gentil avec lui ! Il n'en avait jamais vu de vraie, tu sais. C'est un chat privilégié.

Puisque je vous dis que ça, ce n'était pas une souris, pesta Hachi en miaulant, mais ni Satoru ni sa mère ne le comprirent.

— Ça y est, je l'ai chassée, elle n'est plus dans la

maison, annonça le père en revenant dans le séjour. Mon pauvre Hachi, elle t'a mis un petit pont !

Il le caressa comme pour le consoler. De toute façon, même si je lui dis que ça, ce n'est pas une souris, ça ne servira à rien, pensa Hachi.

— Bon, nous savons maintenant que notre chat ne nous sera d'aucun secours si nous avons des souris, conclut la mère de Satoru.

Hachi en avait assez. Il se roula en boule à l'extrémité du canapé, lassé par leur incompréhension.

— Ça ne fait rien, ce n'est pas un chat qu'on a, mais Hachi.

— Tu crois qu'il fait la tête ?

Satoru vint le caresser. Mais le mal était fait.

— Ne t'en fais pas, Hachi ! On t'aime, même si tu ne sais pas attraper des souris !

Sa détermination à bouder ne résista pas longtemps aux caresses de Satoru sous le menton et derrière les oreilles, et il se mit bientôt à ronronner.

Contrairement à Satoru qui lui avait paru si grand quand il l'avait trouvé dans la boîte, Hachi n'était plus un enfant.

Le temps des humains n'avançait pas au même rythme que celui des chats, c'était connu. Il était adulte et avait dépassé Satoru lorsqu'il en prit conscience.

La souris blanche avec une queue en cuir et les jouets pour chats ne l'amusaient plus autant qu'avant. Il lui arrivait souvent de ne pas réagir lorsque Satoru les lui proposait.

— Dire qu'il était petit comme ça quand on l'a trouvé… dit Kōchan en joignant ses mains en forme de bol.

Je n'ai jamais été aussi petit, pensa Hachi. Les enfants exagèrent tout. Il n'avait pas oublié que Satoru lui paraissait autrefois aussi grand qu'une petite montagne.

Satoru et Kōchan grandissaient très lentement. En un an, Hachi avait plus que doublé en taille, mais les deux amis n'avaient progressé que de quelques centimètres.

Cela lui semblait bizarre. Combien d'années leur faudrait-il pour devenir des adultes ?

Son deuxième printemps avec la famille de Satoru arriva.

Les cartables noirs des deux amis paraissaient maintenant un peu moins grands sur leur dos. Même si Hachi ne remarquait pas de différence au quotidien, ils grandissaient.

Après le printemps débuta l'été. Satoru revint un jour avec une grande coupe dorée, plus grosse que celles qu'il avait rapportées jusqu'alors.

Ce soir-là, il n'y eut au dîner que les plats préférés de Satoru. Du poulet frit, de la salade de pommes de terre et un plateau de sushis sans wasabi, dont un tiers à l'omelette.

Hachi aussi eut droit à un menu de fête : un filet de poulet cuit à la vapeur.

Avant de commencer à manger, la famille trinqua, avec de la bière pour les parents, et du jus d'orange pour Satoru.

— Félicitations pour ta victoire, Satoru !

Il avait remporté le premier prix d'une grande compétition organisée par le cours de natation qu'il fréquentait avec Kōchan.

— T'es fort, Satoru ! Moi, quand j'étais écolier, j'arrivais tout juste à nager 25 mètres, lança le père.

— C'est normal, puisque nous, on a grandi à Hokkaido, ajouta la mère.

Là-bas, l'eau des rivières et de la mer est froide même en été, et les habitants n'ont guère l'occasion de nager. Les gens de Hokkaido excellent rarement dans ce sport.

— Ton professeur de natation aimerait que tu continues même quand tu seras au collège. Qu'en penses-tu ?

Satoru était trop occupé à se délecter du poulet frit que sa mère avait cuisiné pour réfléchir. Il en était à son troisième morceau. Et quand il n'avait pas la bouche pleine de poulet, il enfournait un sushi à l'omelette.

— Hum… Pourquoi pas, si Kōchan continue, répondit Satoru en prenant un quatrième morceau.

Son ami n'était pas aussi fort que lui en natation. Il avait participé à la compétition au bord du bassin, d'où il encourageait son ami.

— Il y a un club de natation dans le collège où tu vas entrer, non ?

— Je veux bien en faire partie si Kōchan s'inscrit aussi.

Malgré l'intérêt manifesté par son père, Satoru se concentrait sur Kōchan et les sushis à l'omelette.

— Il t'a dit s'il comptait le faire ?

— Il ne sait pas encore.

Aux yeux de Satoru, le principal attrait de la natation était qu'il la pratiquait avec son ami.

— D'accord. Tu n'auras qu'à continuer si Kōchan se décide, alors, dit son père qui paraissait regretter son manque d'enthousiasme.

Il implora ensuite sa femme de lui apporter une autre bière, en l'appelant "patronne", ce qui la fit rire.

Satoru devait commencer à se lasser des sushis à l'omelette, car il en prit un au thon. Comme Hachi le tira un peu par la manche avec ses griffes, il détacha la tranche de poisson pour la lui donner et se contenta du riz vinaigré.

Hachi ignorait si les deux amis continueraient la natation au collège, mais il pensait qu'il suivrait encore longtemps leur croissance, aussi lente soit-elle.

Abandonné avec un autre chaton de sa portée quand il était petit, il était arrivé dans cette famille sans doute parce que son destin était de veiller sur les deux amis.

Apparemment rassasié, Satoru s'exclama "Hachi !" en saisissant le bout tordu de sa queue, un geste qu'il faisait souvent.

Ce défaut qui avait conduit la petite fille à choisir l'autre chaton lui avait porté chance, pensait Hachi.

*

L'été étouffant était fini, le vent était plus frais, et le ciel plus bleu.

— Maman, il est où mon sac ? Tu m'avais promis de l'acheter aujourd'hui !

C'est la première question que posa Satoru à sa mère en rentrant de l'école ce jour-là.

— Ici ! répondit-elle en riant, un sac de voyage en toile bleue flambant neuf à la main.

— Je peux commencer à le préparer ?

— Mais tu ne pars que dans une semaine !

— Oui, mais une fois qu'il sera fait, je n'aurai plus à y penser.

Pour Satoru, ce voyage scolaire était un événement de la plus haute importance.

— Il faut combien de slips pour trois jours ?

— Deux, bien sûr.

— Pas trois ?

— Non, puisque tu en porteras un le jour du départ.

Satoru ne semblait pas convaincu.

— Tu es sûre que ça suffira ?

— Prends-en trois, si tu veux. Comme ça, si jamais tu fais pipi au lit… dit-elle sur un ton taquin.

— Ça fait longtemps que j'ai arrêté ! rétorqua son fils tout rouge.

C'était la vérité. Hachi était encore un chaton quand d'étranges cartes de géographie apparaissaient parfois sur les draps du petit garçon le matin. À cette époque très ancienne, dont il se souvenait à peine, lui-même arrivait parfois trop tard à sa litière.

Mais c'était du passé, pour Hachi comme pour Satoru.

— Je n'ai aucune crainte à ce sujet, mais deux, je trouve que ce n'est pas assez.

— Parles-en à Kōchan et tu verras.

Les deux amis en discutèrent tout en dessinant des slips sur une feuille de papier lorsqu'ils se retrouvèrent dans la chambre de Satoru.

— Un qu'on mettra après le bain le premier soir, un deuxième pour le deuxième jour. Et le troisième…

— Le troisième, on n'en a pas besoin parce qu'on sera rentrés chez nous.

Kōchan penchait pour deux, mais il sembla moins sûr de lui lorsque Satoru affirma, en traçant des lignes entre les slips qu'il avait dessinés, qu'il en fallait trois.

Sa mère vit la feuille en passant devant la chambre. Elle la lui prit des mains et ajouta une silhouette en slip, dont la casquette de base-ball indiquait que c'était un garçon.

— Le premier, tu l'auras sur toi en partant d'ici. Avec les deux autres, ça fait trois en tout, expliqua-t-elle en montrant du doigt les slips dessinés.

Ils parurent enfin convaincus.

— Donc deux, ça suffit !

— Exactement !

Elle était sûre d'elle, mais ils l'entendirent pousser un cri dans la cuisine.

— Je vous dois des excuses, dit-elle en regardant la feuille fixée par un aimant à la porte du frigo. L'école demande que vous emportiez un slip de réserve ! Donc il vous en faut bien trois.

— Hein ?

Les deux garçons qu'elle avait eu tant de mal à convaincre n'étaient pas contents.

— Comment ça ? Pour trois jours, il faut combien de slips, alors ?

— Deux en principe. Mais en principe seulement.

Elle revint dans la chambre et ajouta un slip qu'elle encadra de parenthèses à celui qui était dessiné pour le deuxième jour.

— Il en faut un de réserve.

— Comment ça, de réserve ?

— Au cas où tu fais pipi au lit ou…

— Tu sais bien que ça ne m'arrive plus !

L'affaire était réglée. Ce serait trois slips.

— Et les chaussettes aussi, il en faut trois paires ?

— La liste de l'école ne mentionne pas de paire de réserve.

— Oui, mais si jamais il pleut et qu'elles sont mouillées ?

— Prends-en trois paires si ça te rassure.

Satoru et Kōchan se mirent à discuter de ce nouveau problème.

Nous, les chats, nous n'avons besoin de rien, se dit Hachi en plaignant les humains. Il avait profité du fait que le sac était ouvert pour s'y installer à son aise.

La veille du départ arriva.

— Brosse à dents ?

— Une !

Les deux amis vérifiaient qu'ils avaient tout en prenant chaque objet en main. Kōchan, qui avait apporté son sac, lisait la liste.

— À force de sortir vos affaires comme ça, ne vous étonnez pas si vous oubliez quelque chose, lança la mère de Satoru qui était allée chercher la lessive dehors.

— Ça n'arrivera pas ! s'écrièrent les deux garçons.

— Slips ?

— Trois !

— Chaussettes ?

— Deux paires !

Ils avaient fini par décider que deux paires suffisaient.

Une fois la vérification terminée, ils refermèrent les sacs. Mais Kōchan avait oublié d'y remettre sa brosse à dents.

Il faut que je le lui fasse savoir, se dit Hachi. Il la poussa des pattes.

— Kōchan, tu as oublié ta brosse à dents ! lança Satoru.

Son ami se retourna et la retira des pattes du chat.

— Hachi, une brosse à dents, c'est pas un jouet !

T'exagères, non ? J'ai fait ça pour t'aider, pensa le chat qui plissa les yeux, fâché.

— Jouons plutôt avec ça, dit Satoru en allant chercher un jouet pour chats.

Encore un peu contrarié, Hachi décida de se montrer magnanime puisque les deux garçons seraient absents trois jours. Ils se feraient peut-être du souci pour lui pendant leur voyage s'ils se quittaient en mauvais termes. Ce n'étaient encore que des enfants. Ils étaient incapables de comprendre ses attentions d'adulte.

Et puis Satoru, qui avait été bien formé par sa mère, maniait le jouet d'une façon qui ne le laissait pas indifférent.

Il passa quelques minutes à essayer de l'attraper. Puis ce fut le tour de Kōchan. Il était moins bon que Satoru, surtout parce qu'il ne le laissait jamais attraper le jouet, c'était lassant.

— L'heure de dîner approche, dit la mère de Satoru depuis la cuisine. Il faut que tu rentres chez toi, Kōchan. Demain, vous allez devoir vous lever tôt pour le voyage !

— Mais je ne veux pas partir, moi. Hachi s'amuse tellement !

Non, non, ne reste pas pour moi, pensa le chat qui lâcha le jouet.

— Tu pourras jouer avec lui une autre fois !

— D'accord !

Il caressa la tête du chat avant de quitter la maison en emportant son sac de voyage.

— À la prochaine, Hachi !

Après l'avoir raccompagné jusqu'à la porte d'entrée, Satoru remonta dans sa chambre pour refaire son sac. Ni lui ni Kōchan n'avaient remarqué la délicate attention de Hachi. Rien d'étonnant, c'étaient encore des enfants.

Satoru se montra très excité ce soir-là au dîner.

— Papa, tu veux que je te rapporte quoi comme souvenir ?

— N'importe quel cadeau de ta part me fera plaisir, répondit-il affectueusement.

Mais son fils ne le comprit pas.

— Tu ne m'aides pas, papa, dit-il en baissant la tête. Et toi, maman, tu veux quoi ?

— Du papier matifiant Yōjiya !

— Du papier matifiant ? C'est quoi ?

Sa mère se leva pour prendre dans son sac à main la trousse qui contenait son rouge à lèvres, son poudrier, et les autres choses dont elle se servait pour être encore plus belle.

Elle en sortit une sorte de petit bloc-notes fait de papier translucide.

— Le papier matifiant, c'est ça. Sur celui de Yōjiya, il y a l'image d'une femme qui se regarde dans son miroir.

— À quoi elle ressemble ?

— Euh…

Elle prit un crayon et dessina sur une feuille de papier un visage de poupée en bois *kokeshi*. Satoru l'étudia des yeux.

— Si j'en trouve un plus mignon, ça ira aussi ?

— Non, surtout pas. J'en veux de la marque Yōjiya.

— OK, OK, fit le garçon comme s'il acceptait les supplications d'un enfant.

Il eut beaucoup de mal à s'endormir ce soir-là, tant il était excité. Il se tourna et se retourna dans son lit, réveillant Hachi qui devait chaque fois changer de position.

— J'arrive pas à dormir… Et demain, il faut que je me lève tôt, geignit-il au bord des larmes en regardant son réveil de près.

Puis il quitta son lit. Inquiet, Hachi le suivit et le vit entrer dans le séjour où il y avait encore de la lumière. Sa mère n'était pas couchée.

— Maman…

— Que se passe-t-il ? dit-elle, en se levant de la table où elle était en train d'écrire quelque chose.

Elle alla dans la cuisine où elle fit chauffer quelque chose au micro-ondes et en revint, une tasse fumante qui sentait le lait chaud à la main.

C'était le "médicament pour bien dormir" qu'elle donnait à son fils à la veille de chaque départ – vacances, classe nature, excursion scolaire.

— J'ai mis deux cuillerées de miel. Tu verras, ça va te faire du bien.

Satoru hocha la tête et s'assit sur le canapé pour boire le lait en soufflant dessus.

— Tu es déjà allée à Kyoto, maman ?

— Oui, plusieurs fois.

— Tu connais le temple Kiyomizudera ?

— Bien sûr ! J'y ai mangé une délicieuse marmite de tofu. Tu devrais y aller pendant votre après-midi libre.

— Le tofu, c'est nul !

Ils bavardèrent encore un peu pendant que Satoru finissait le lait chaud en sentant ses paupières papillonner.

Il dit bonne nuit à sa mère, repartit dans sa chambre et se recoucha. Cette fois-ci, il s'endormit après s'être tourné et retourné seulement deux ou trois fois. Hachi était roulé en boule à ses pieds.

Le lendemain, il se réveilla à l'heure, et partit à l'école avec Kōchan qui était venu le chercher.

Dans deux jours, il rapporterait des souvenirs de Kyoto. Du moins, c'est ce qui était prévu.

*

En voyant qu'il pleuvait fort le lendemain du départ de Satoru, Hachi comprit pourquoi il avait une telle envie de dormir. La pluie a cet effet sur les chats.

Il mangea son petit-déjeuner et alla ensuite se pelotonner sur le canapé.

— Il tombe des trombes ! dit le père de Satoru en nouant sa cravate devant le miroir. J'espère que tout va bien pour Satoru.

— La météo annonçait du beau temps pour l'ouest du Japon.

— Tant mieux ! Ç'aurait été dommage pour eux qu'il fasse mauvais. Mais moi, je vais arriver à la gare trempé.

— Ne t'en fais pas, je vais t'emmener en voiture.

Il enfila son veston pendant que sa femme débarrassait la table et mettait la vaisselle à tremper dans l'évier.

Ils partirent précipitamment. Le père fut le seul à dire "à ce soir" à Hachi. Sa femme pensait être de retour dans quelques minutes.

Le bruit assommant de la pluie continuait avec la même intensité. Dans ces cas-là, les chats dorment. En ronflant légèrement.

Dans son sommeil, Hachi crut entendre une sirène au loin.

Il finit par se lasser de dormir. Il ouvrit grand la gueule pour bâiller, se leva en arquant le dos, sauta du sofa et se dirigea vers la cuisine. D'après son estomac, il était plus de midi.

Sa gamelle était à sa place habituelle, à côté de l'évier, mais elle ne contenait que les croquettes qu'il n'avait pas finies ce matin. Cela ne suffirait pas à lui remplir le ventre. Il les mangea en se disant que sa maîtresse lui en donnerait d'autres quand elle verrait qu'il n'en restait pas.

Le temps passa sans qu'elle revienne dans la cuisine. Le seul bruit dans la maison était celui de la pluie, rien ne permettait de penser qu'elle était rentrée.

Cela lui parut suspect, mais la somnolence le gagna à nouveau et il se rendormit.

En ronflant un peu.

La pluie était moins bruyante lorsque Hachi se réveilla en entendant la clé tourner dans la porte de l'appartement.

Il accourut dans l'entrée, parce qu'il voulait faire savoir à sa maîtresse qu'elle rentrait tard et qu'il avait faim. Mais il vit apparaître une femme beaucoup plus jeune qui lui ressemblait un peu.

La tante de Satoru, qui était la jeune sœur de sa mère, était déjà venue chez eux quelques fois.

Elle tressaillit en le voyant. Hachi ne s'approcha pas d'elle, car il n'avait pas oublié qu'elle avait peur des chats.

— Satoru !

Ce n'est que lorsque sa tante l'appela que Satoru entra à son tour, son sac de voyage à la main.

Hachi s'apprêtait à lui souhaiter la bienvenue en se frottant contre ses jambes lorsqu'il se figea sur place. S'agissait-il vraiment de Satoru ?

On aurait dit un *noppera-bō*, un fantôme sans visage. Ses yeux étaient ouverts, sa bouche fermée, mais il était sans expression.

— Va vite te changer, dit sa tante en lui tendant un sac en papier.

Satoru l'accepta avec la raideur d'un robot aux articulations mal graissées. Hachi crut les entendre grincer.

Il le suivit cependant jusqu'à sa chambre, à quelques pas de distance. Avec son visage méconnaissable, Satoru lui faisait peur, mais il ne voulait pas le laisser seul.

Le sac en papier contenait un costume comme ceux que mettait le père.

La chemise était blanche, mais tout le reste noir. Jusqu'aux chaussettes.

Satoru enleva son survêtement coloré, enfila le pantalon, mit la chemise amidonnée, la cravate qu'il fixa grâce à une agrafe, et enfin le veston.

Il remplaça ses chaussettes à rayures rouges par les noires, et jeta celles qu'il venait d'ôter sur le survêtement. Soudain ses mouvements se firent plus rapides.

Il fit valser d'un coup de pied sa veste de survêtement, si fort que les chaussettes furent projetées en l'air.

Hachi était tellement surpris qu'il se réfugia sous le lit. D'ordinaire, Satoru l'aurait remarqué et lui aurait demandé pardon. Mais cette fois-ci, il ne lui accorda pas même un regard.

Le visage toujours aussi inexpressif, il piétina son survêtement. En veillant à ne pas faire de bruit, mais avec une détermination farouche.

Comme si tout était la faute du survêtement.

On frappa à la porte.

— Tu es prêt, Satoru ?

Satoru cessa de s'en prendre à son survêtement en entendant sa tante et quitta sa chambre comme si de rien n'était.

— Allons vite retrouver ton papa et ta maman, dit la tante.

Elle aussi était en noir des pieds à la tête. Satoru acquiesça et la rejoignit. Hachi les suivit.

Arrivé dans l'entrée, Satoru qui avait déjà ses chaussures aux pieds les défit et fila dans le couloir comme s'il venait de se souvenir de quelque chose. Il entra dans la cuisine, remplit de croquettes la gamelle de Satoru, et changea l'eau du bol.

Puis il passa aux toilettes où il nettoya la litière et en rajouta un peu.

Même s'il s'était transformé en *noppera-bō*, même s'il piétinait rageusement son survêtement, il était le même. Hachi vint se frotter légèrement à ses genoux. Satoru ne dit rien, mais lui caressa un peu la tête, le regard vide.

Hachi l'accompagna dans l'entrée et le regarda partir avec sa tante. Il ne savait pas où ils allaient, mais il comprenait que c'était un endroit très triste.

Comme Satoru avait oublié de laisser la lumière allumée, il fit bientôt sombre dans tout l'appartement. Hachi mangea ses croquettes, but de l'eau dans le noir et passa ensuite son temps à dormir.

Satoru et sa tante revinrent tard le soir.

Hachi vint les accueillir dans l'entrée et vit que Satoru avait l'air étonné qu'il n'y ait pas de lumière. Il n'ôta ses chaussures qu'après que sa tante eut allumé et la suivit pas à pas dans le couloir et les autres pièces. Il vit que Hachi avait mangé la moitié des croquettes et changea à nouveau son eau.

Sa tante et lui prirent une douche et allèrent se coucher sans manger, Satoru dans sa chambre, la tante dans la pièce à vivre, où elle avait disposé un futon.

Lorsque Hachi le rejoignit dans sa chambre, le survêtement maltraité n'avait pas changé de place.

Satoru s'allongea dans son lit, mais lorsque Hachi sauta sur l'oreiller, ses yeux grand ouverts fixaient le vide.

Il lui fit un peu de place en déplaçant son oreiller, comme d'habitude, mais Hachi entendit à son souffle qu'il ne dormait pas. Le chat s'assoupit le premier, si bien qu'il fut incapable de savoir quand Satoru avait trouvé le sommeil.

Le lendemain matin, il faisait beau. Un rayon de soleil pénétrait par l'interstice des rideaux.

Satoru et la tante repartirent vêtus de noir comme la veille. Satoru avait pris soin de remplir la gamelle du chat, et il avait laissé la lumière allumée dans le séjour.

Hachi pensait qu'ils reviendraient tard, mais il se trompait.

Le soleil venait de se coucher lorsqu'il entendit se rapprocher un cri semblable au hurlement d'une bête sauvage résonnant dans l'escalier de l'immeuble.

La voix venait ici. Hachi alla s'asseoir dans l'entrée. La porte s'ouvrit, poussée par Kōchan, qui soutenait Satoru qui était la source de ce son déchirant. Ils entrèrent tous les deux.

Kōchan le soutint jusqu'au séjour, où Satoru s'assit, comme épuisé.

Hachi vit que Kōchan, debout à côté de Satoru, embarrassé, ne savait pas quoi faire. Tu l'as ramené ici, c'est déjà beaucoup, pensa le chat qui sauta sur les genoux de Satoru. Bientôt, il sentit sa main contre sa joue et se mit à la lécher avec application.

Ça va aller. Ça va aller. Ça va aller.

Je suis là. Je suis là. Je suis là.

Il continua à le faire longtemps, et bientôt la voix de Satoru faiblit, comme s'il n'en avait plus.

*

Le père et la mère revinrent chez eux dans deux petites urnes blanches.

Il avait été décidé que Satoru irait vivre chez sa tante.

— Hachi va venir avec toi, non ?

Kōchan posa la question comme s'il le souhaitait de tout son cœur. Avec Hachi, Satoru ne serait pas seul. Et un peu moins triste.

— Ce n'est pas possible, parce que ma tante déménage souvent pour son travail, expliqua Satoru sur un ton désespéré, mais dans lequel on entendait aussi son chagrin de décevoir son ami.

— Mais que va-t-il devenir, alors ?

— Un cousin éloigné va le recueillir.

— Tu le connais bien ?

Satoru hocha la tête de côté. Kōchan se mordit les lèvres comme s'il retenait sa colère.

— Je vais demander à mes parents si on peut le garder ! s'écria-t-il avant de repartir chez lui.

Il faisait nuit quand il revint, le visage bouffi d'avoir pleuré.

— Papa ne veut pas.

Ses yeux gonflés montraient qu'il n'avait pas renoncé sans lutter.

— Ne t'inquiète pas, ce n'est pas grave, dit Satoru en souriant à travers ses larmes. Ça me fait très plaisir que tu aies demandé à tes parents.

Leurs larmes coulaient encore quand ils caressèrent Hachi qui se laissa faire.

Il avait cru qu'il veillerait sur les deux amis jusqu'à ce qu'ils deviennent adultes. Beaucoup de choses dans la vie ne se passent pas comme les souhaitent les chats et les enfants.

Le cousin éloigné qui était d'accord pour recueillir Hachi arriva. Son visage bronzé avait des rides de sourire.

Il caressa la tête de Satoru qui tenait Hachi dans ses bras.

— Surtout ne t'inquiète pas ! Chez nous, tout le monde aime les chats. Nous nous en occuperons bien.

Satoru eut un grand sourire, le premier depuis que ses parents étaient revenus dans des urnes blanches.

— J'espère vraiment qu'il sera heureux chez vous.

— Fais-nous confiance !

Mais lorsque le moment de la séparation arriva, Satoru pleurait toutes les larmes de son corps.

— Tu es vraiment sûr que tu ne peux pas le prendre, Noriko ?

Le cousin posa la question à cause du chagrin de Satoru, mais sa tante habitait un appartement dont le propriétaire n'acceptait pas les animaux.

— S'il te plaît, souris-lui ! Sinon, Hachi va se faire du souci pour toi.

En l'entendant, Satoru grimaça un sourire à travers ses larmes. Il y réussit, sans cesser de sangloter, ce qui lui donna un visage très laid.

— Porte-toi bien, Hachi ! dit-il en agitant la main.

Ce fut la dernière image que le chat garda de lui.

*

Chez le cousin éloigné, où Hachi arriva après trois heures passées dans une cage de transport qui bougeait tout le temps, il y avait quatre enfants.

L'aîné dépassait déjà son père en taille. Venaient ensuite une fille et deux garçons, dont le dernier avait l'âge de Satoru et s'appelait Tsutomu.

C'est probablement pour cette raison qu'il fut le premier dont Hachi retint le nom. Il changeait d'expression aussi vite que Satoru. Il ne faisait pas de natation, mais du base-ball.

Tsutomu se querellait quotidiennement avec ses frères et sa sœur. Étant le plus petit, il ne l'emportait jamais, ni verbalement ni physiquement. Hachi passait beaucoup de temps à le consoler en lui léchant les mains et les genoux. À cause de ses défaites, Tsutomu boudait un peu tous les jours.

— On dit pourtant que les chats s'attachent le plus à la personne qui les nourrit…

La conduite de Hachi intriguait le cousin et sa femme.

— Il a pitié de Tsutomu parce que c'est le plus faible de nous quatre, se moqua la grande sœur qui le faisait souvent pleurer.

— Ferme-la ! jeta le cadet des enfants qui vint lui donner un coup de pied par-derrière.

— Tu vas voir ce que tu vas voir, répondit-elle en se mettant à le poursuivre.

Hachi ne comprenait pas pourquoi Tsutomu agissait ainsi, puisqu'il finissait toujours en larmes.

— Hachi ne cherche pas à aller dehors.

Cela aussi paraissait intriguer la femme du cousin.

— Quand je fais le ménage la fenêtre ouverte, il descend dans le jardin, mais c'est tout. Il pourrait aller faire un tour dehors puisque nous sommes au rez-de-chaussée !

— Ce doit être parce qu'il ne sortait jamais de l'appartement où il vivait avant.

— Le pauvre ! s'exclama sa femme en fronçant les sourcils.

— Pourquoi ? Il n'est pas particulièrement à plaindre, répondit l'aîné des garçons. De plus en plus de gens ne laissent pas sortir leur chat parce qu'ils ont peur qu'il se fasse écraser.

— C'est d'ailleurs ce qui est arrivé à notre Milk, ajouta le deuxième des garçons.

Un nom choisi par la grande sœur, que ses frères avaient critiqué car ils le trouvaient trop mignon.

— En plus, Hachi est un peu idiot. C'est aussi bien qu'il n'ait pas envie d'aller dehors, lança celle-ci en lui tapotant le front.

— Arrête ! s'interposa Tsutomu. Il est placide, c'est tout !

En l'entendant, Hachi se rappela la voix d'un autre garçon du même âge. "Il n'est pas idiot du tout ! Juste placide !"

C'était Satoru qui avait transformé ce commentaire déplaisant en quelque chose de gentil.

Hachi leva les yeux vers l'enfant qui avait utilisé les mêmes mots et lui souriait en le grattant derrière les oreilles.

J'ai compris, se dit-il.

Dorénavant, mon devoir est de veiller sur Tsutomu jusqu'à ce qu'il soit grand.

Satoru et Tsutomu avaient le même âge. Ils lui parlaient tous deux gentiment. Une fois que Tsutomu aurait grandi, ce serait aussi vrai de Satoru.

Les deux garçons ne firent plus qu'un pour lui.

Jusqu'à présent, il était préoccupé par le sort de Satoru. Désormais, il pouvait se sentir bien ici.

Tsutomu le caressa sous le menton, et Hachi ronronna sans réserve pour la première fois depuis son arrivée dans sa nouvelle famille.

*

L'hiver se termina, les cerisiers fleurirent, et Tsutomu entra au collège, vêtu de l'uniforme à col dur des collégiens.

Il continuait à faire du base-ball. Quand donc avait-il arrêté la natation ? Pratiquer les deux sports aurait été compliqué, ça se comprenait. Il avait dû ranger la coupe dorée quelque part.

Il faisait beaucoup de sport, mangeait beaucoup, et grandissait à vue d'œil. Tellement que la lenteur avec laquelle sa croissance s'était faite jusqu'alors paraissait incroyable. Lorsqu'il entra en deuxième année de collège, il mesurait dix centimètres de plus que l'année précédente.

Les entraînements devaient se faire en plein air, car sa peau avait pris la couleur brun foncé de la sauce de soja. À l'ombre, tu es si noir qu'on ne voit plus ni ta bouche ni tes yeux, le taquinait sa mère.

Son père s'amusait de voir que son fils avait le teint encore plus sombre que lui.

Son expression était toujours aussi changeante, et ses disputes avec ses frères et sa sœur aussi fréquentes. Mais à partir d'un certain moment, celles avec sa sœur ne passèrent plus que par les mots. Sa langue à elle était de plus en plus acérée. Tsutomu ne la rattraperait jamais à cet égard. Il ne pleurait plus comme avant, même s'il avait parfois les larmes aux yeux.

Il aurait pu facilement avoir le dessus sur elle, mais il ne la touchait jamais. Hachi se souvenait nettement de la dernière fois où il l'avait fait.

Furieux, il l'avait bousculée, si fort qu'elle aurait pu casser la cloison coulissante contre laquelle elle avait été projetée. Elle était immédiatement allée chercher une arme, un marteau de clown avec lequel Tsutomu l'avait laissé le frapper.

— Je te fais grâce aujourd'hui, avait-elle lancé.

Il avait accepté cette déclaration arrogante avec résignation. Sa sœur avait eu un gros bleu à la cuisse, mais il était défait, comme s'il était gravement blessé. Son frère aîné lui avait expliqué que leur sœur était quand même une fille.

— Mais en paroles, impossible de la battre !

— Eh oui ! On ne peut pas gagner contre les femmes, c'est comme ça, lui avait-il expliqué.

Ses disputes avec sa sœur se terminaient toujours de la même façon : il s'avouait vaincu et se repliait en criant qu'elle lui cassait les oreilles.

— Ne crois pas que tu ne peux pas la battre, lui avait répliqué son deuxième frère. Il faut savoir mener une guerre psychologique. Viser ses points faibles, à savoir ses grands pieds et sa poitrine plate.

Elle n'était pas grande mais chaussait du 40. Elle jurait que c'était du 39, mais ses pieds n'entraient pas dans les chaussures de cette taille. Lorsque son deuxième frère se disputait avec elle, il finissait par lui jeter à la tête qu'elle avait des pieds de géante.

— L'autre jour, j'ai mis tes tennis. Tu pourrais échanger les tiennes avec celles de ton copain, non ?

— Ferme-la, espèce de minus !

— Moi, mes pieds sont normaux, contrairement aux tiens ! Et ta poitrine, elle est plate comme la plaine de Tsukushi ! T'es complètement ratée, toi !

— J'ai un corps de mannequin, c'est tout !

— T'es trop drôle ! Tu me fais mourir de rire !

Tsutomu n'étant pas aussi prompt à la réplique que son deuxième frère, cela ne l'avait guère aidé.

Hachi aimait pourtant beaucoup ce Tsutomu qui avait parfois les larmes aux yeux quand sa sœur l'humiliait verbalement. Il aimait toute la famille, mais Tsutomu était son préféré.

S'il s'emmêlait les pattes en courant, le garçon disait que c'était parce qu'il était placide.

Le jour où il avait vu une vraie souris pour la première fois de sa vie et qu'il n'avait rien pu faire, c'était lui qui l'avait consolé en disant : "On t'aime, même si tu ne sais pas attraper des souris !"

Et il avait dit à ce petit Machin-chan qu'il fallait agiter le jouet pour chats plus lentement... Mais c'était qui, celui-là ? Ah oui, un ami de Tsutomu, qui venait jouer avec lui presque tous les jours il y a très longtemps, quand il était encore un chaton. Quand avait-il cessé de venir ici ?

Le temps passe vite pour les chats. Celui où il était chaton lui paraissait très lointain. Il n'arrivait vraiment pas à se rappeler le nom de ce garçon. Mais il devait aller bien. Et avoir grandi autant que Tsutomu.

Pourvu que tout le monde continue à bien se porter ! À être heureux.

Au printemps suivant, l'aîné des frères quitta la maison. Il avait réussi l'examen d'entrée d'une université située dans une grande ville où il habiterait désormais.

La vie à la maison devint un peu plus calme. En partie parce que l'aîné était parti, mais aussi parce que les enfants avaient grandi et se disputaient moins. Même s'il arrivait aux deux frères encore à la maison d'avoir quelques mots vifs.

Tsutomu continuait à grandir. Il faisait du baseball tous les jours et mangeait beaucoup. Son pantalon d'uniforme était devenu trop court pour lui, et il n'aimait pas celui qu'il avait hérité de son aîné, car le tissu n'avait pas tout à fait la même couleur que la veste.

— Tu finiras le collège l'année prochaine, je ne vais pas t'en acheter un neuf juste pour un an, avait déclaré sa mère.

Cet été-là, lorsque son équipe avait perdu en demi-finale d'un tournoi, Tsutomu était revenu en pleurant de dépit.

— Arriver en demi-finale, c'est un très bon résultat, l'avait consolé sa mère.

— Et tu n'auras qu'à faire mieux au lycée, avait ajouté sa sœur.

— La ferme ! avait hurlé Tsutomu dans un accès de colère. L'année prochaine, ce ne sera pas avec les mêmes copains !

— Dis donc, toi ! J'essaie de te consoler et tu me cries dessus !

Ulcérée, sa sœur lui avait lancé un coussin à la tête.

Tu as eu tort de t'énerver comme ça, lui fit savoir Hachi en se frottant contre ses genoux. Tsutomu se mit à le caresser, ce qui le calma, et il finit par demander pardon à sa sœur.

— Parvenir en demi-finale, c'est déjà remarquable, conclut sa mère.

Ce soir-là, il y eut des sushis au menu, ainsi que du poulet frit et de la salade de pommes de terre – les plats préférés de Tsutomu depuis qu'il était petit.

Exactement comme la fois où il avait gagné la compétition de natation.

Mais il n'aimait plus autant qu'avant les sushis à l'omelette et se jeta sur ceux au thon. Lorsque Hachi le tira par la manche, il lui en donna une tranche, après avoir enlevé le wasabi.

— Et tu comptes continuer le base-ball au lycée ?

La question venait du père de Tsutomu qui répondit en hochant la tête.

— Je croyais que ça ne t'intéressait pas si ce n'était pas avec les mêmes copains, lança sa sœur.

Tsutomu s'était excusé, mais sa sœur lui en voulait encore.

— Je ne suis plus un bébé, quand même ! Et puis, parmi mes copains, il y en a plusieurs qui iront au même lycée.

— Autrement dit, tu n'es rien sans tes copains !

— Ferme-la ! rétorqua-t-il à sa sœur qui s'apprêtait à mordre dans un morceau de poulet frit. À manger comme ça, tu vas devenir vraiment grosse.

Son deuxième frère aîné vint lui prêter main-forte.

— Grosse, elle l'est déjà !

— OK, continuez comme ça, et je vais tout arroser de citron, les menaça-t-elle, un demi-citron à la main.

— Arrête ! crièrent les deux garçons qui n'aimaient pas ça.

— Bon maintenant, vous arrêtez tous les trois ! s'écria la mère, courroucée.

Ils étaient grands, mais restaient des enfants. Combien de temps faut-il aux humains pour devenir des adultes ?

Pour sa part, Hachi n'avait presque plus de souvenirs de l'époque où il était un chaton.

Était-ce Tsutomu qui lui avait dit en le caressant affectueusement : “Tu t'appelles Hachi désormais” ? Et qui l'avait ramassé dans le carton où il avait été abandonné ? Non, ce n'était pas lui. Il était arrivé ici dans la cage de transport avec le père de Tsutomu. Mais alors, qu'était ce souvenir d'avoir été fortement secoué dans une boîte ?

Pourquoi avait-elle été secouée ? Et cette fausse fugue, parce qu'on ne voulait pas le garder, et cette dispute quand les choses avaient mal tourné…

"Ça n'a pas du tout marché, ton truc !"

"Mais enfin, le chat, tu veux le garder, oui ou non ?"

"D'habitude, on propose de le garder à sa place non ?"

À qui ce garçon avait-il fait des reproches ?

À Tsutomu ? Tsutomu faisait du base-ball. Quand avait-il arrêté la natation ? La natation, il voulait bien continuer, à condition que ce soit avec ce Machin-chan, dont il n'arrivait plus à se rappeler le nom.

— Hachi, tu veux du thon ?

La question venait de la sœur qui lui en tendait un morceau. Pas question de refuser. Il se leva sur ses deux pattes arrière, en sentant son odeur. Le thon était trop haut, et il tomba en essayant de l'attraper. Elle rit tout fort en disant qu'il était un peu idiot.

— Non, il est placide, c'est tout ! C'est méchant, ce que tu fais ! s'écria Tsutomu en saisissant des doigts le bout de thon qu'elle tenait entre ses baguettes.

Il le posa sur sa paume qu'il présenta à Hachi.

— Moi, je le trouve mignon parce qu'il est un peu idiot.

— Elle est vraiment méchante, hein, Hachi !

Quand on disait de lui qu'il était un peu idiot, Tsutomu transformait toujours cela en "placide", un mot que Hachi connaissait depuis qu'il était petit.

— Alors, c'est bon ?

Hachi lécha le poisson sur la paume de Tsutomu.

Le temps ne passe pas pour les chats comme pour les êtres humains. Il est bien plus rapide pour les chats. À quelle époque l'avait-il remarqué ?

Tsutomu avait beaucoup grandi, mais il n'était apparemment toujours pas adulte. Il devait encore surmonter une épreuve, l'examen d'entrée au lycée, et il travailla d'arrache-pied l'automne et l'hiver de cette année-là.

Un homme barbu à la carrure d'ours se présenta chez eux au moment du Nouvel An.

— Alors Hachi, tout va bien pour toi ?

L'inconnu se pencha vers lui et voulut le soulever, mais Hachi se fit tout petit.

— On dirait qu'il m'a oublié. Pourtant je suis venu cet été !

— Oui, mais tu n'es resté qu'une semaine. Un cerveau de chat est trop petit pour se souvenir de tout. En plus, tu as une barbe maintenant !

En les entendant parler, Hachi se souvint enfin de l'existence de l'aîné des frères.

Il alla se frotter à ses genoux pour lui faire comprendre qu'il était vraiment désolé de sa méprise, et le barbu le prit dans ses bras pour le caresser. Mais lorsqu'il frotta sa barbe contre son visage, Hachi sauta à terre parce qu'elle piquait.

Tsutomu passa beaucoup de temps à préparer l'examen d'entrée au lycée pendant les vacances du Nouvel An, et le réussit. Lorsque l'unique cerisier du jardin fleurit, il commença à fréquenter sa nouvelle école vêtu d'un blazer et non plus d'une veste à col dur.

Il continuait le base-ball et rentrait tous les jours couvert de boue. Son lycée était fort en base-ball, et les entraînements rigoureux.

Bientôt les pétales des fleurs de cerisier tombèrent, en même temps que des chenilles, et des feuilles apparurent sur les branches. Chaque année à cette saison, la mère et la fille suggéraient de couper cet arbre. Elles détestaient les chenilles.

— Faut pas dire ça ! Un cerisier, ça a une valeur symbolique, non ? rétorquait immanquablement le père.

Le jour où Tsutomu revint à la maison avec une chenille sur l'épaule, les deux femmes poussèrent des cris horrifiés.

Une autre réussit à pénétrer dans le couloir. Voulant bien faire, Hachi lui donna un coup de patte.

Il ressentit immédiatement une vive douleur au coussinet et miaula de détresse. Tsutomu fut le premier à accourir à son secours.

— Qu'est-ce qui t'arrive, Hachi ?

Il le comprit tout de suite.

— Tu t'es fait piquer par la chenille ?

— Quoi ? Les chenilles du cerisier piquent ? s'exclama sa sœur.

— La plupart ne piquent pas, expliqua le frère du milieu.

— C'est horrible ! Chasse-la !

Pendant qu'il s'en occupait, Tsutomu désinfecta le coussinet de Hachi.

— Tu crois qu'il faut lui mettre de l'onguent apaisant ? demanda-t-il à sa mère.

— Non, parce qu'il le lécherait. Si demain sa patte est enflée, je l'emmènerai chez le vétérinaire.

Le frère du milieu qui s'était occupé de la chenille revint et caressa la tête de Hachi.

— C'est bien toi de t'attaquer à la seule chenille qui pique !

— Il a dû penser qu'il pouvait s'en prendre à cette bête encore plus idiote que lui.

Les propos désobligeants de la sœur blessèrent le chat, mais Tsutomu prit sa défense.

— Tu exagères ! Je suis sûre qu'il l'a fait parce qu'il sait que tu les détestes, dit-il.

Décidément, Tsutomu le comprenait. Et sa sœur dut s'en vouloir car elle vint lui demander pardon en lui donnant une friandise pour chats.

Le coussinet fut douloureux pendant quelques jours, mais ne nécessita pas de visite chez le vétérinaire.

Le temps des chenilles était presque terminé lorsque le téléphone sonna un soir.

Le père qui venait de sortir du bain y répondit.

— Quelle surprise ! Ça faisait longtemps ! Tu vas bien ? Et Noriko, aussi ?

Bien qu'il fût en slip, il continua à parler encore un peu, sous le regard désapprobateur de sa fille.

— Excellente idée ! Mais oui, viens nous voir ! Hachi sera content.

Une fois qu'il eut raccroché sa femme lui demanda qui c'était.

— Satoru. Tu sais, celui qui nous envoie toujours ses vœux pour la nouvelle année.

Hachi dressa l'oreille.

Ce nom le fit sursauter, comme s'il avait été frappé par la foudre.

Satoru.

— Ah… Satoru que Noriko a recueilli ?

— Exactement.

— Hachi était son chat, c'est ça ?

La question venait de Tsutomu.

— On a le même âge, non ?

— Oui. Il va travailler cet été pour pouvoir venir voir Hachi.

— Il habite où ? Cette tante, elle déménage souvent, non ?

— Dans le département de Yamanashi.

— Et il veut travailler cet été juste pour pouvoir venir voir Hachi ! Il doit vraiment l'aimer !

Satoru. Satoru. Satoru.

— Tu sais bien que chaque année, il nous demande de donner le bonjour à Hachi. Il devait y être vraiment attaché.

— Il aurait dû demander à sa tante de l'amener ici plus tôt !

— Noriko travaille beaucoup. Et comme elle l'a recueilli, il n'a sans doute jamais osé.

Satoru qui lui avait dit : "Porte-toi bien, Hachi !" en souriant malgré ses sanglots quand il agitait la main pour lui dire au revoir.

— Je compte sur toi pour que vous vous entendiez bien tous les deux, Tsutomu.

— Je ferai ce que je peux. Il doit être sympa, puisqu'il aime Hachi.

Ce n'était pas Tsutomu qui avait été le premier à dire qu'il était placide.

Il n'y avait pas qu'un seul enfant à affirmer qu'il l'était, et non "un peu idiot".

Hachi se souvenait à présent de ce qui s'était passé avant l'instant où Tsutomu s'était superposé à Satoru dans son esprit.

Lui aussi devait avoir beaucoup grandi.

*

Il était question que Satoru vienne pendant les grandes vacances.

Les grandes vacances, ça commence quand ? Les jours rallongeaient, l'ombre était plus profonde. C'était l'époque de l'année où le teint de Tsutomu était le plus foncé.

Il faisait extrêmement chaud, les grandes vacances ne devaient plus être loin. Pourvu qu'il vienne vite ! Satoru et Tsutomu s'entendraient sûrement très bien.

Hachi était tellement impatient qu'il en perdit patience.

Satoru ne se serait-il pas égaré en route ? Il prit l'habitude d'aller faire un tour dans le quartier en fin d'après-midi. Comme il n'était encore jamais allé plus loin que le jardin, il commença doucement, en faisant le tour de la maison, puis en élargissant chaque jour un peu son rayon d'action.

— J'ai l'impression que Hachi se promène dans le quartier ces derniers temps, annonça la mère un soir à la table du dîner.

Tsutomu fronça les sourcils.

— Pourvu qu'il ne se perde pas !

Hachi se redressa pour montrer qu'il faisait très attention à retrouver son chemin en n'allant jamais trop loin.

— Autant lui mettre un collier qui permette de le retrouver !

La suggestion de la sœur fut adoptée, et elle lui en acheta un le lendemain.

— Ça ne lui plaira peut-être pas…

En se donnant du mal, il aurait probablement pu enlever ce collier qu'elle lui passa au cou avec appréhension, mais il n'en fit rien car cela lui aurait demandé un trop grand effort.

— Ce chat se laisse vraiment tout faire, conclut le frère du milieu en riant.

Habitué maintenant à se promener dans la rue, Hachi eut l'idée d'agrandir peu à peu son périmètre car il avait beau chercher, il ne trouvait pas Satoru.

Jusqu'à présent, il n'avait pas encore osé traverser les rues un peu larges. Mais beaucoup de gens le faisaient en venant de l'autre côté. Quand Satoru viendrait, il passerait sûrement par là.

Hachi observa longtemps le carrefour et parvint à la conclusion que s'il traversait sur les rayures blanches de la rue au bon moment, en même temps que les humains, il ne courrait aucun danger.

Il le fit plusieurs fois sans problème.

Ce jour-là aussi, il attendait que des gens traversent lorsqu'un jeune homme s'élança sur les bandes blanches. Hachi le suivit en courant. Et il y eut un bruit de klaxon assourdissant.

Le jeune homme réussit à arriver de l'autre côté. Hachi était pétrifié.

Un choc bruyant le projeta en l'air. Lorsqu'il reprit conscience, il vomissait du sang. Et il avait terriblement mal à la poitrine.

Il entendit une voix crier qu'il y avait un chat, puis une ombre s'approcha et le prit dans ses bras en hurlant : "Hachi !"

Peut-être parce qu'il avait les yeux embrumés ou que le soleil l'aveuglait, Hachi ne voyait pas son visage qui lui paraissait tout noir. Impossible de savoir si c'était Satoru ou Tsutomu.

Mais ça n'avait pas d'importance.

Satoru ou Tsutomu, c'était pareil pour Hachi, deux enfants aussi gentils l'un que l'autre.

*

Il avait l'intention de venir seul jusqu'à leur maison, mais ses cousins insistèrent pour aller le chercher à sa descente du Shinkansen. Tsutomu, le cousin de son âge, l'attendrait à la gare.

Quand il franchit le contrôle des billets, un garçon, presque un jeune homme, au visage très bronzé lui adressa la parole.

— Miyawaki Satoru ?

— Oui.

— Bonjour, je suis Tsutomu.

Nous avons le même âge, donc moi aussi, je dois être presque un jeune homme, pensa Satoru.

— Je suis vraiment désolé de ce qui est arrivé avant que tu viennes nous voir… Vraiment.

— Mais non, tu n'y es pour rien.

Hachi avait trouvé la mort dans un accident de la circulation.

Lorsqu'ils arrivèrent à la maison, les parents de Tsutomu le remercièrent d'être venu.

— Je suis vraiment désolé de ce qui est arrivé avant que tu viennes…

Satoru ne put retenir un sourire en entendant exactement les mêmes mots que ceux de Tsutomu.

— Alors que je t'avais promis qu'on s'en occuperait bien…

— Et je suis sûr que vous l'avez fait.

Devant la photo de Hachi qui ornait la pièce à vivre était placée une coupelle contenant une offrande, comme sur un autel bouddhique aux ancêtres. Des photos des autres chats qui avaient vécu ici décoraient aussi les murs.

Hachi ne pouvait qu'avoir été heureux dans cette famille qui aimait les chats.

— Et il est enterré où ?

— On n'avait pas les moyens de lui offrir un cimetière pour animaux, et on l'a enterré à la campagne. Tsutomu t'y emmènera demain.

Ce dernier hocha la tête.

— C'est à une demi-heure de train d'ici.

— Merci.

Le frère et la sœur revinrent le soir, et le dîner fut spécial.

Toute la famille lui parla de Hachi.

— Parfois il se conduisait un peu comme un idiot, mais il était si mignon, dit la sœur en riant.

Piqué au vif, Tsutomu n'était pas d'accord.

— Hachi n'était pas du tout idiot. Il était de tempérament placide, c'est tout !

Satoru éclata de rire.

— Exactement ! C'était un chat gentil, au tempérament placide.

Tsutomu rit aussi. Il comprenait cette formulation.

Ce soir-là, Satoru se coucha tôt après avoir pris un bain. Le lendemain matin, après le petit-déjeuner, Tsutomu et lui partirent pour la tombe de Hachi.

Comme l'avait dit Tsutomu, le trajet en train local dura une trentaine de minutes, pendant lesquelles le paysage devint montagneux. La gare où ils descendirent était entourée de champs.

Tsutomu commença à marcher d'un bon pas.

— Ç'aurait été plus simple en voiture, mais mon père travaille.

Les deux garçons en vinrent naturellement à parler de Hachi en gravissant la pente. Ils avaient déjà épuisé les sujets du lycée et des clubs de sport, et Hachi était ce qu'ils avaient en commun.

— Le jour où une souris est passée devant lui, il a été tellement surpris qu'il en est tombé sur le derrière.

— Ah bon… ça ne m'étonne pas tant que ça.

— Parce qu'il était de caractère placide. Qu'il se soit fait écraser par une voiture lui ressemble, non ? Il a dû être surpris de la voir.

— Non, pas du tout, répondit Tsutomu dont le visage se voila soudain. Je suis arrivé juste après l'accident. Je revenais de mon entraînement de baseball. Une dame m'a expliqué ce qui s'était passé. Hachi a traversé en même temps qu'un garçon qui s'est engagé sur la rue alors que le feu était rouge pour lui. Comme il était intelligent et attentif, il devait penser que tant qu'il traversait en même temps que les humains, tout irait bien.

Au bord des larmes, Tsutomu fixait un point dans le vide pour les empêcher de couler.

— Sans cet imbécile, il n'aurait pas traversé. Si je le retrouve, celui-là, il passera un mauvais quart d'heure.

— Si tu le retrouves, appelle-moi.

Tsutomu parut surpris.

— Tu me donnes pas l'impression d'être fort à la bagarre.

— Tu as raison. Mais une fois que tu l'auras maîtrisé, je lui donnerai le coup de grâce.

— N'importe quoi ! lâcha Tsutomu en détournant prestement la tête.

Il fit semblant d'essuyer la sueur sur son visage du bras pour ne pas montrer qu'il pleurait.

Les deux garçons arrivèrent à un terrain plat et ensoleillé en haut de la colline. Tsutomu emmena Satoru dans un endroit un peu à l'écart, où se dressaient de petits blocs de granit, dont l'un était tout neuf.

— Mon père récupère des chutes de pierre chez un tailleur de pierre de ses connaissances. On n'a pas les moyens de leur offrir une tombe dans un cimetière pour animaux.

— Ils sont très bien ici, avec ce soleil.

Ils répandirent quelques croquettes sur la pierre de Hachi et laissèrent un sachet de friandises pour chats au poulet et au fromage. Tsutomu offrit aussi des croquettes aux autres chats défunts.

— Mes parents aussi sont morts dans un accident de voiture.

— Oui, acquiesça Tsutomu qui le savait.

— J'étais en voyage scolaire quand ça s'est produit. Ils n'étaient plus de ce monde quand j'en suis revenu.

— Oui, répéta Tsutomu en hochant la tête.

— J'avais acheté un souvenir pour mon père. Une amulette pour le protéger des accidents de la route.

Cette fois-ci, Tsutomu resta coi et baissa la tête.

— Une comme ça, dit Satoru qui sortit un porte-clé de sa poche.

L'amulette représentait un chat porte-bonheur, une patte levée.

— Tu l'as toujours gardée ?

— Non. Celle que je lui avais achetée, je l'ai placée dans son cercueil, et elle a brûlé avec lui. Mais avant de venir ici, je me suis arrêté à Kyoto, la destination de ce voyage scolaire, et j'ai cherché la même. Je ne suis pas sûr que celle-ci soit exactement pareille, mais elle y ressemble.

Le porte-clé était tout à fait ordinaire. Conçu pour attirer les enfants, pour qu'ils le choisissent comme cadeau pour leurs parents. Un objet qui restait le même malgré les années.

— Il ressemble à Hachi, ce chat porte-bonheur, murmura Tsutomu en le prenant en main.

Satoru n'était pas surpris qu'il l'ait remarqué, puisque lui aussi disait de Hachi que c'était un chat placide et gentil.

— C'est pour ça que je l'avais acheté… Mais je n'ai pas eu le temps de le donner à mon père.

Il n'avait pas oublié tout ce qui lui était passé par la tête à l'époque.

Il avait été en colère contre lui-même pour avoir acheté l'amulette trop tard.

Il s'était dit que si ses parents avaient eu cet accident, c'était peut-être parce qu'il en avait acheté une aussi minable.

— Mais quand j'ai appris pour l'accident de Hachi… commença-t-il à dire en luttant contre la boule qui lui montait à la gorge, je me suis dit que j'aurais peut-être mieux fait de la donner à Hachi.

À présent, il était trop tard. Il en était conscient. Mais il aurait voulu l'avoir donnée à Hachi. Tsutomu le comprendrait probablement.

— Tu serais d'accord pour que je t'en fasse cadeau ?

Tsutomu cligna des yeux.

— Je suis sûr que ça ferait plaisir à Hachi.

Satoru n'avait pas eu le temps de la donner à son père. Ni à Hachi. Mais si Tsutomu l'acceptait, il ne serait pas trop tard.

— D'accord.

Tsutomu mit le porte-clé dans sa poche arrière.

— Il faut qu'on y aille ! Si on rate ce train-là, on va devoir attendre longtemps.

— Laisse-moi juste une seconde.

Satoru retourna devant la pierre de Hachi.

"Je compte sur toi, Hachi !"

Quand ils repartirent tous les deux, ils crurent entendre un miaulement. Satoru regarda Tsutomu.

— C'est peut-être Hachi, murmura celui-ci.

— Oui, probablement, répondit Satoru.

En redescendant la pente, ils se sentirent tous les deux soudain très gais et se mirent à rire tout fort.

*fin**.

* En français et dans cette graphie dans le texte original, ici comme à la fin de chaque nouvelle.

UN VOYAGE OUBLIÉ

Les mémoires d'un chat, Gaiden 2

Je suis un chat. Je m'appelle Nana.

Bon, j'ai essayé d'imiter le chat le plus respecté du Japon, mais ça ne me va pas. Le narrateur du texte original n'a pas de nom, et ça fait toute la différence. Et puis les chats d'aujourd'hui ne parlent plus comme le faisait celui-là. Je suis jeune, moi, je ne peux pas continuer dans ce mode nostalgique.

Et je ne suis absolument pas responsable de mon nom, Nana, qui sonne féminin, alors que je suis un matou.

Satoru, mon maître, un bon garçon dont le goût laisse parfois à désirer, l'a choisi sans me demander mon avis. Ce nom, Nana – qui veut dire "sept" en japonais –, est dû à ma mignonne queue tordue. De haut, elle ressemblerait à ce chiffre, mais d'ici à m'appeler comme ça…

Il a mauvais goût pour les noms, mais je n'ai rien à lui reprocher en tant que coloc, et je suis certain que la réciproque est vraie.

Nous avons vécu ensemble cinq années tout à fait plaisantes, mais quelque chose a fait que ça doit se terminer.

Satoru ne peut pas continuer à me garder, pour une raison indépendante de sa volonté. Sitôt qu'il l'a compris, il est passé à l'action et s'est lancé à la recherche d'un autre partenaire pour moi, en explorant toutes les pistes envisageables. Chaque fois que quelqu'un s'est proposé, il m'a fait rencontrer cette possible famille d'accueil, pour voir si nous pouvions nous entendre.

Pour être tout à fait honnête, je pourrais très bien me débrouiller tout seul. J'étais adulte quand il m'a recueilli. Avant ça, j'étais un chat errant, indépendant. Et même si je suis devenu un chat domestique, mes facultés de chat errant sont intactes.

Si je ne peux pas continuer à vivre avec lui, je redeviendrai errant, c'est tout. Mais il a tout laissé tomber pour me trouver quelqu'un. Pour me sous-estimer, il m'a sous-estimé.

Donc je l'accompagne dans ces visites à ses amis et connaissances à travers le pays. Il va sans dire que je n'ai aucune intention de m'entendre avec qui que ce soit. Jusqu'à présent, j'ai déjà anéanti trois possibilités.

Nous nous déplaçons toujours dans son break argenté. Lorsque nous devons aller loin, il emporte même une litière pour moi. Je ne peux pas me plaindre des conditions de voyage.

J'aimerais bien qu'il renonce à cette idée stupide, mais en même temps, j'avoue que je ne déteste pas ces trajets en voiture dans le break argenté, et je lui tiens compagnie sans me plaindre.

Ça m'a permis de voir des tas de choses qu'un chat normal limité à son territoire ne peut même pas imaginer. Nous sommes allés dans deux villes où Satoru a vécu enfant, et dans un village à la campagne. J'ai vu des rizières et des champs, la mer et le mont Fuji, des paysages que le chat citadin que je suis n'aurait jamais pu voir en vrai autrement…

Je suis sûr d'être le chat du Japon qui en a vu le plus. Tous ces lieux que j'ai découverts avec lui, je ne les oublierai jamais.

Et nous nous sommes lancés dans notre quatrième voyage.

Cette fois-ci, notre destination était l'ouest du Japon. Partis de Tokyo en début d'après-midi, nous avons roulé en suivant le soleil qui poursuivait sa course vers le couchant.

Dans la lumière déclinante, Satoru avait un teint de mandarine. Malgré le pare-soleil abaissé, il clignait sans arrêt des yeux, ébloui.

Il m'a regardé couché en boule sur le siège à côté de lui et a ri.

— Tes pupilles sont aussi fines que des fils, Nana !

Nous autres les chats, nous avons d'excellents yeux qui s'adaptent à la quantité de lumière. Lorsqu'elle est très vive, nos pupilles deviennent très fines, et quand il fait sombre, elles grossissent.

J'imagine que les miennes avaient atteint leur finesse extrême.

— Un proverbe japonais dit qu'un homme doit avoir des yeux fins comme un fil, et que ceux d'une femme doivent être ronds et jolis, mais toi, Nana, tu as de la chance. Les tiens deviennent tout fins quand ça te sert sans que tu n'aies rien à faire.

Pas faux, ai-je répondu en remuant mes moustaches. Les siens ne deviennent pas plus fins quand il est ébloui, ce n'est pas pratique. Ça serait bien si on pouvait les échanger à ces moments-là. Parce que moi, la seule chose que j'ai à faire en voiture est de dormir pelotonné sur le siège du copilote.

— On est presque arrivés à Kyoto, a-t-il murmuré en relevant un instant les yeux.

Il avait lu le panneau de l'autoroute.

— De là à Kobe, en Shinkansen, ça ne prend qu'une demi-heure.

Satoru paraissait un peu fatigué d'avoir conduit si longtemps le soleil dans les yeux.

— On pourrait s'arrêter un peu à Ōtsu, non ?

J'étais pour. D'autant plus que je commençais à avoir faim.

Je m'apprêtais à sauter à l'arrière (autant aller aux toilettes avant le repas) quand est apparue une vaste surface d'eau dans laquelle se reflétait le soleil doré du couchant.

Surpris, j'ai posé les pattes sur le tableau de bord pour mieux tendre le cou. Ça a fait rire Satoru.

— Ça t'inquiète ? On dirait la mer, hein ? Mais c'est un lac, le plus grand du Japon.

Ce n'était pas la mer ? Incroyable qu'une étendue d'eau comme ça soit un lac.

— Tu veux qu'on aille le voir de plus près ?

Non, non, pas la peine. La mer aussi, vue de loin, était belle et exaltante, à cause des fruits qu'elle était censée receler, mais de près, ses énormes vagues terrifiantes qui roulaient dans un grondement épouvantable étaient juste horribles.

— Mais ça ne va pas être possible. Si on s'arrête en route, on va arriver en retard.

Tout à fait d'accord. Évitons les détours inutiles.

Finalement, Satoru a fait halte sur une aire d'autoroute jusqu'à ce que le reflet du soleil soit moins vif, et nous avons continué sans aller voir le lac de près.

Pour le dîner, j'ai eu des croquettes toutes simples, "mélange spécial santé du chat au goût de bonite", mais comme Satoru les a arrosées de flocons du même poisson séché, j'ai trop mangé.

Tout animal qui a le ventre plein a sommeil.

Je me souviens de m'être lové sur le siège avant, mais de rien après.

À un moment j'ai senti dans mon rêve que Satoru me caressait le dos. Je me rappelle avoir vaguement pensé qu'il devait être pris dans un bouchon.

Je me suis réveillé tout à coup parce que le moteur était arrêté. Il était en train de défaire sa ceinture de sécurité. On était arrivés à l'hôtel du jour ?

— T'es réveillé ? J'ai décidé de faire un petit détour avant qu'on prenne notre chambre.

Il m'a tendu les bras, et je l'ai laissé me porter après avoir fait le dos rond pour me détendre. Une fois descendu de voiture, la fraîcheur de la nuit m'a chatouillé les narines, et j'ai éternué.

Il faisait sombre, et je distinguais la silhouette noire d'une montagne derrière nous.

— Regarde !

J'ai tourné la tête dans la direction qu'il m'indiquait. Ouah !

Au pied de la montagne s'étalait une mer de lumière. On aurait dit qu'on avait répandu là toutes les formes qu'elle pouvait prendre, et elle était si vive que c'était à croire qu'en bas, la nuit n'était pas tombée.

Incroyable ! Les hommes sont capables de transformer la nuit en jour.

— On appelle ça une vue à dix millions de dollars !

Qu'est-ce que ça pouvait me faire à moi, cette qualification qui utilisait une mesure purement humaine, l'argent, et dans une devise étrangère, en plus ?

Ça me laissait complètement froid, et il m'aurait dit cent ou mille millions de dollars que ça ne m'aurait rien fait non plus. J'ai bâillé.

— Dix millions de dollars, au taux de change actuel, ça équivaut à huit cents millions de yens.

Il a réfléchi un peu.

— Autrement dit quatre millions huit cent mille sachets de filet de poulet tendre pour chats. À peu près.

Dis donc… Ça, je comprenais. Je l'ai regardé d'un autre œil. Même si je ne mangeais que ça pendant le reste de mes jours, je n'arriverais sans doute pas au bout.

Hum… une vue à quatre millions huit cent mille sachets de filet de poulet tendre… me suis-je dit en contemplant la mer de lumière.

Tout compte fait, je crois que j'aurais encore préféré avoir quatre millions huit cent mille sachets de filet de poulet.

— Tu l'as déjà assez vue ?

Ben oui, quoi, la lumière, c'est jamais que de la lumière. J'ai de nouveau bâillé en ouvrant grand la gueule.

L'hôtel se vantait d'être le seul de la région où les animaux domestiques étaient autorisés à dormir dans la même chambre que leur maître. Et c'est vrai que de nombreuses odeurs de chiens et chats flottaient dans l'air de la réception.

Comme nous avions tous les deux dîné sur l'aire de service de l'autoroute, il ne nous restait plus qu'à dormir. D'ailleurs, il était très tard.

La chambre était petite, mais propre et agréable. Son seul défaut à mes yeux était que la télévision n'était pas en forme de boîte.

À cet égard, la maison d'hôtes des amis de Satoru qui nous ont accueillis était mieux, mais j'imagine que rares sont les hôtels au Japon qui pensent à s'en équiper pour plaire aux chats. Je n'avais pas non plus le droit de me promener dans les couloirs, mais c'était déjà pas mal qu'il existe en ville un hébergement permettant aux chats de dormir avec leurs maîtres.

Pendant que j'inspectais l'espace en détail, Satoru est entré dans la salle de bains. Je l'ai entendu chantonner de l'autre côté de la porte fermée encore plus longtemps que d'ordinaire. Il avait dû se faire couler un bain.

Quand il est revenu dans la chambre, je me suis précipité dans la salle de bains. Puisqu'il avait fait couler de l'eau, il devait en rester dans le robinet.

Je ne sais pas pourquoi, mais elle a meilleur goût que celle de mon bol d'eau. Chaque fois que Satoru sort du bain, je vais tout de suite la boire.

J'ai agi comme à mon habitude, mais c'était une grave erreur.

— Nana, non ! Pas cette eau-là !

Comment ça ? Un chat a le droit inaliénable de boire l'eau qu'il veut comme il le veut. J'ai ignoré l'injonction de Satoru et j'ai bondi sur la baignoire… Mais…

Elle n'avait pas de couvercle.

Je n'ai même pas eu le temps de hurler que j'avais déjà plongé dans l'eau chaude couverte de mousse. La baignoire qui était en train de se vider n'était plus qu'à moitié remplie, mais ça a suffi pour que je sois trempé.

— Les baignoires d'hôtel n'ont pas de couvercle !

Il fallait le dire plus tôt ! J'ai tenté de sauter sur le bord, mais l'eau était trop profonde pour que je bande mes muscles, et je n'ai pas réussi. Et les bords, trop lisses pour que je me hisse en haut en y plantant les griffes.

J'étais en train d'y tourner et virer en éclaboussant partout lorsque Satoru est venu me tirer de ce mauvais pas.

Il m'a posé par terre et je me suis secoué un bon coup pour faire tomber le plus d'eau possible de mon pelage. Puis j'ai couru hors de la salle de bains pour y remettre de l'ordre et Satoru s'est jeté sur moi.

— Ne te lèche pas, il y avait du liquide moussant dans l'eau !

Il m'a agrippé pour me ramener dans la salle de bains.

Comment ça, "ne te lèche pas" ? Que faire d'autre ? Sans me lâcher, il a fermé la porte derrière nous. Pourquoi me suis-je tout de suite dit que j'allais passer un mauvais quart d'heure ?

— Je vais te faire un petit shampoing au savon, tu vas voir !

Et puis quoi encore !

J'ai réussi à échapper à son étreinte en me tordant dans tous les sens, mais la porte fermée était infranchissable. J'ai tiré en vain le bord de toutes mes forces avec mes griffes.

— Ne crois pas que tu vas pouvoir t'échapper !

Il a fait mousser du savon entre ses mains et m'a soulevé pour me poser dans la baignoire vide où il m'a frotté.

J'en avais plus qu'assez. Ce n'était vraiment pas mon jour.

Satoru a dû demander qu'on nous apporte un nouveau peignoir et des serviettes supplémentaires. Il y avait de l'eau partout dans la salle de bains.

J'étais en train de me lécher sur une serviette quand Satoru s'est approché de moi, le sèche-cheveux à la main. Je lui ai fait face en fronçant le nez. "Tu te rends compte que si tu diriges vers moi cet appareil qui fait un bruit insupportable, un fossé infranchissable s'ouvrira entre nous jusqu'à demain ?"

Satoru a eu beau m'expliquer que j'allais attraper un rhume, je n'ai pas changé d'attitude, et il a fini par renoncer et reposer l'appareil.

Au même moment, le portable de Satoru a fait entendre sa plaisante mélodie de musique pigeonnesque.

— Allô ! Oui, nous sommes bien arrivés. Je vous remercie de votre appel.

J'ai compris qu'il parlait au candidat de demain, un professeur de l'université où il a étudié, qui enseigne maintenant dans une université du coin.

— Très bien, je serai là demain un peu après treize heures.

Il a raccroché et m'a regardé.

— Si ton avenir se décide demain, on se séparera… J'aurais préféré ne pas t'infliger quelque chose que tu détestes le dernier jour…

Ne t'en fais pas, rien ne se décidera demain, tu peux compter sur moi.

Comme j'avais la langue fatiguée de m'être tant léché, je suis allé me pelotonner sur le canapé pour dormir.

Je me suis réveillé pendant la nuit. J'avais un peu froid, sans doute parce que mon pelage était encore légèrement humide.

Moi qui avais décidé de faire la tête jusqu'à demain matin… Tant pis.

Je suis descendu du canapé pour aller vers le lit où dormait Satoru. J'ai sauté près de l'oreiller, reniflé le haut de la couette et Satoru l'a soulevée légèrement pour me laisser passer, sans se réveiller. Je l'ai bien éduqué.

Je me suis glissé le long de son corps jusqu'à ses pieds et suis remonté pour m'allonger sur l'oreiller. Il m'a caressé la tête sans même se réveiller.

Il a murmuré quelque chose, j'ai compris que c'était mon nom. Et des larmes sont apparues au bord de ses paupières. Le pauvre.

Si ça le fait pleurer, pourquoi cherche-t-il à se débarrasser de moi ? Les êtres humains sont des créatures pleines de contradictions.

Si seulement eux aussi pouvaient comprendre plusieurs langages, comme nous ! Ça me permettrait de lui expliquer que ce n'est pas la peine de me trouver un nouveau maître.

J'étais un fier chat errant et je le redeviendrai, c'est tout.

J'ai tendu le cou pour lécher ses larmes. Elles étaient un peu salées.

— Tu me fais mal, Nana, a-t-il lâché en appuyant sur ma tête de la main.

Quelle manière de me traiter, moi qui ne cherchais qu'à le consoler !

*

Des anciens étudiants de son séminaire avaient appris à Kubota Hisashi que Miyawaki Satoru était en quête d'un nouveau maître pour son chat à la suite d'un changement qui l'empêchait de continuer à s'occuper de lui.

Plus de dix ans auparavant, Miyawaki avait participé au séminaire traitant de la théorie de l'économie régionale qu'il dirigeait dans la faculté d'économie de l'université de Tokyo, où il était maître de conférences.

Ceux qui l'avaient prévenu étaient un couple qui tenait une maison d'hôtes dans la région de Kōfu. Deux anciens de ce séminaire, qui s'étaient mariés à la fin de leurs études.

Ils comptaient recueillir le chat, mais cela ne s'était pas fait car l'animal ne s'était pas entendu avec leur chien. Comme Miyawaki n'avait pas encore trouvé quelqu'un pour l'adopter, ils lui demandaient s'il pouvait l'envisager. La femme n'avait pas oublié que Kubota aimait les animaux.

La résidence où il habitait les acceptait, et sa chienne Lili adorait les chats. Sa vieille chatte vivait encore quand elle était arrivée chez Kubota et chaque fois que Lili en voyait un pendant une promenade, elle cherchait à jouer avec lui et souffrait de se voir rejeter sans ménagement.

Kubota qui n'avait pas repris de chat se disait que s'il en avait un, Lili cesserait peut-être de chercher à se rapprocher des autres chats.

Mais Miyawaki était-il vraiment prêt à lui confier ce chat qu'il aimait ? Préoccupé par cette interrogation, Kubota ne l'avait pas contacté directement, préférant passer par le couple de Kōfu.

Il leur avait demandé de lui transmettre qu'à condition que cela convienne à Miyawaki, il était ouvert à l'idée d'adopter son chat.

Il avait ensuite reçu un appel de son ancien étudiant.

— Cela faisait longtemps, monsieur Kubota !

Sa voix était aussi chaleureuse qu'autrefois. Comme s'il n'avait gardé aucun ressentiment de ce qui s'était passé, et qu'ils s'étaient quittés en bons termes lorsque Miyawaki avait obtenu son diplôme. Kubota avait presque douté de ses souvenirs.

— J'avais très envie de vous revoir, étant donné la manière dont nous nous sommes séparés.

Il ne s'était pas trompé. Ils avaient un passif.

— J'aimerais bien sûr vous parler de la possibilité que vous adoptiez Nana, mais je suis encore plus content d'avoir celle de vous rencontrer.

Rien dans sa voix ne laissait entendre autre chose que sa joie. Kubota en était heureux, mais aussi un peu vexé. Il avait l'impression de s'être montré plus mesquin que cet homme qui avait une bonne vingtaine d'années de moins que lui.

— Quand j'ai appris qu'un de mes anciens étudiants avait un problème et que je pouvais peut-être l'aider, je n'ai pas hésité. J'aime les animaux, et en plus, ma chienne aime les chats, avait-il dit avec un calme feint.

Ils avaient discuté d'une date. Kubota était pris le week-end. Miyawaki avait dit qu'il pouvait aussi venir en semaine, et ils étaient convenus de l'après-midi d'un jour où il ne donnait pas cours.

— Tu te déplaces comment ? Je peux venir te chercher à la gare.

Miyawaki lui avait répondu qu'il serait en voiture.

— Nana est un chat qui aime la voiture. Si vous décidez de le garder, j'espère que vous lui ferez faire un tour de temps en temps.

— Je me sers souvent de la mienne pour emmener ma chienne courir à la campagne. Nana n'aura qu'à nous accompagner !

Ils avaient encore échangé quelques propos inoffensifs avant de raccrocher. Miyawaki allait venir le voir.

En rentrant de l'université la veille, Kubota avait fait le ménage et passé l'aspirateur en avance sur son programme habituel de nettoyage. Comme il avait remarqué que l'appartement était poussiéreux, il avait sorti le plumeau et s'était souvenu pour la première fois depuis longtemps que sa femme lui disait toujours qu'il fallait épousseter avant de passer l'aspirateur. Il l'avait priée intérieurement de lui pardonner et de comprendre que ce geste exprimait son envie de bien faire.

Il avait pensé servir du thé et des gâteaux, mais Miyawaki aurait-il déjeuné avant de venir le voir ? L'heure du rendez-vous, juste après treize heures, était ambiguë. Peut-être aurait-il dû suggérer qu'ils déjeunent ensemble. Il n'aurait qu'à lui poser la question à son arrivée, et commander des sushis si nécessaire. Donc, mieux valait déjeuner légèrement pour avoir encore un peu de place pour les sushis, le cas échéant.

Ses cours de la matinée terminés, il était allé au restaurant universitaire, où il s'était décidé après de longues hésitations pour un bol de nouilles accompagné de tempura, qu'il avait complété par trois inari-sushis, pour être sûr d'être rassasié. Je n'aurais pas dû, avait-il immédiatement songé en regardant son ventre. Mais si Miyawaki avait déjeuné et qu'il décide de ne pas commander de sushis, il aurait faim.

De retour chez lui, il avait enfermé Lili dans sa cage, dans la chambre du fond, car ce serait mieux de faire se rencontrer le chat et la chienne une fois que le premier se serait habitué à la maison.

La sonnette retentit. Il décrocha l'interphone et entendit une voix aussi guillerette que l'autre jour.

— Bonjour, c'est Miyawaki.

Il alla ouvrir la porte et se trouva face à son ancien étudiant qui tenait une cage de transport. Miyawaki, qui était aussi mince qu'autrefois, avait gardé le même sourire aimable.

— Entre, entre, fit-il avec l'impression que sa voix s'enrouait un peu.

— Vous avez… lâcha son ancien étudiant en ouvrant de grands yeux. Enfin, vous étiez moins rond autrefois.

Surpris, Kubota éclata de rire. C'était bien Miyawaki, un bon garçon qui ne savait pas toujours garder sa langue dans sa poche, et provoquait souvent l'hilarité de ses camarades du séminaire.

— Eh oui. Vingt kilos en dix ans.

— Dites donc, ce n'est pas bon pour la santé, ça. Vous feriez mieux de vous mettre au régime. Sinon, vous allez au-devant de problèmes.

— Cuisiner quand on vit seul n'est pas drôle. Je ne mange jamais chez moi, continua-t-il en conduisant Miyawaki dans le séjour.

— C'est bien rangé chez vous ! On ne dirait jamais qu'un homme de votre âge vit seul ici.

— Mais non, c'est normal. Et puis je suis veuf depuis longtemps.

Pas question de lui révéler qu'il avait passé l'aspirateur hier.

— Et vos enfants ?

— Ils sont partis tous les deux faire leurs études à Tokyo.

— Ah bon… Ils sont déjà si grands ? Ils ont quel âge aujourd'hui ?

— L'aîné vient de passer son diplôme, et la cadette d'entrer à l'université.

Miyawaki posa la cage par terre et soupira, ému.

— Autrefois, la différence d'âge entre un étudiant et un écolier me semblait énorme, mais ce n'est plus pareil depuis que je travaille.

L'aîné de Kubota était en dernière année d'école primaire lorsque Miyawaki avait fini ses études.

— Votre fils et moi aurions pu avoir le même employeur ! Ma société a recruté beaucoup de nouveaux diplômés cette année.

Il n'y aurait rien eu d'étrange à ce que Kubota ait un fils de l'âge de son ancien étudiant s'il s'était marié plus tôt.

Autrefois, il ne s'était décidément pas conduit comme un adulte avec lui.

Miyawaki ouvrit la porte de la cage de transport et regarda à l'intérieur. Le chat qui s'appelait Nana ne donnait aucun signe de vouloir en sortir.

— Je vous prie de l'excuser. Il se montre toujours méfiant.

Il se pencha à nouveau vers l'animal et l'appela, sans succès.

— Ce n'est pas grave, laissons-le juger du moment opportun pour nous rejoindre. Sa méfiance est un signe d'intelligence.

Le visage de Miyawaki se détendit. Il paraissait content du compliment.

— Tu as déjeuné ?

— Oui. Je me suis dit que vous mangeriez à l'université.

— Tu as trouvé un restaurant qui acceptait les chats ?

— Je suis allé manger sans Nana. L'hôtel a accepté de nous laisser la chambre un peu plus longtemps, et il est resté seul pendant que je sortais. Puis nous sommes venus chez vous en voiture.

Il ajouta qu'il s'était garé dans le parking que lui avait indiqué Kubota.

— Je regrette vraiment que cette résidence n'ait pas de place de parking pour les invités.

Chaque fois qu'une voiture se garait dans la rue en face de l'immeuble, un policier, prévenu par on ne sait qui, arrivait pour la verbaliser.

— Assieds-toi donc. Je vais faire du thé, et je suis sûr que Nana va finir par sortir de sa cage.

Il revint avec sur une assiette les gaufres aux haricots rouges qu'il avait achetées en revenant de l'université.

— Elles sont encore chaudes ! s'exclama Miyawaki en se servant, avec la mine réjouie d'un enfant. Cela faisait longtemps que je n'en avais pas mangé. Je suis toujours ravi quand on m'en propose !

— Ici, on ne les appelle pas gaufres d'Imagawa mais "gaufres retournées".

— Ah bon, fit-il, comme si cette information sur les coutumes locales l'étonnait.

Étudiant déjà, sa sincérité était frappante.

Cet amuseur qui mettait de l'animation dans la classe était aussi un étudiant sérieux et franc. Kubota l'appréciait sans s'en cacher. Au point qu'il se demandait parfois si ce n'était pas aux dépens des autres étudiants.

Pourquoi n'avait-il pas saisi autrefois qui il était, alors qu'il l'appréciait ? Pourquoi n'avait-il pas deviné que cet étudiant si attentif aux autres avait une bonne raison pour s'obstiner et ne pas céder ?

Si Kubota avait pu remonter le temps, il ne lui aurait pas dit ce qu'il lui avait dit.

Il avait fait connaissance avec lui à l'occasion du cours magistral de théorie de l'industrie régionale, un enseignement obligatoire du parcours économie.

Il avait mentionné un ouvrage qu'il trouvait intéressant, sur une stratégie de *branding* réussie mise en place par un village.

Quelque temps après, un des étudiants était venu le trouver à la fin du cours.

— J'ai lu le livre dont vous nous aviez parlé. Il m'a bien plu.

Kubota l'avait déjà oublié.

— Tu l'as lu ?

— Oui, je l'ai trouvé à la bibliothèque universitaire.

Au début, il s'était montré méfiant. L'étudiant aurait-il besoin de quelques points supplémentaires pour compenser des absences en cours ? Mais il lui avait fait part de ses remarques sur un ton enthousiaste, sans prendre la peine de se présenter. Nombreux étaient les étudiants suivant ce cours magistral, et Kubota ne s'embarrassait pas de retenir leurs noms.

— J'ai plutôt eu l'impression de lire un roman d'aventures qu'un document économique. Et quand le livre décrit la manière dont le village a transformé ses handicaps en atouts, ça m'a un peu rappelé les jeux RPG.

— RPG ? De quoi parles-tu ?

— Ah oui… Les gens de votre génération ne connaissent guère les jeux vidéos comme *Dragon Quest* ou *Final Fantasy*.

Il comprit enfin.

— Ça, je connais. Mon fils ne veut que ça comme cadeau.

— C'est de ça que je parle.

Ce commentaire incluant des mots de jeunes lui parut d'une grande fraîcheur.

— On termine une mission, et ensuite il y a la suivante, et c'est comme ça qu'on accumule des points, les points d'expérience dans le cas du livre... Je n'avais encore jamais lu de non-fiction, et j'ai trouvé que celui-là était plein de rebondissements.

— La réalité dépasse la fiction, autrement dit. Un ouvrage documentaire sur un projet qui a réussi est particulièrement intéressant parce qu'on perçoit l'excitation de ceux qui y ont participé. Lorsque des gens décidés à progresser unissent leurs forces, ils trouvent le moyen de surmonter les obstacles.

— Exactement. C'était palpitant.

Ils étaient encore en train d'en parler lorsque la sonnerie du cours suivant avait retenti.

— Désolé de vous avoir retenu avec mes bavardages ! dit l'étudiant qui s'apprêtait à s'éloigner.

— Tu t'appelles comment ? Et tu es de quelle faculté ?

— Mon nom est Miyawaki, et je suis en deuxième année d'économie.

Si Kubota ne le lui avait pas demandé, il serait probablement parti sans s'identifier. Il voulait simplement discuter avec quelqu'un qui avait aussi lu le livre.

À compter de ce jour-là, l'étudiant prit l'habitude de venir le voir de temps en temps pour lui emprunter des livres.

— J'en laisse dans la salle du séminaire, tu peux aussi te servir là-bas.

Le responsable de ce séminaire était un économiste célèbre très occupé en dehors de l'université – il participait à des émissions télévisées et donnait souvent des conférences. En pratique, Kubota l'animait, et la plupart des livres qui se trouvaient dans cette salle lui appartenaient.

Ceux que Miyawaki choisissait étaient généralement des ouvrages qui plaisaient à Kubota, et l'étudiant lui livrait ses impressions en toute franchise.

L'enseignant aurait aimé qu'il rejoigne son séminaire, et son souhait fut exaucé l'année suivante. Miyawaki avait fait sa demande en invitant deux autres amis, un garçon et une fille. Il lui confia en riant qu'il l'avait convaincue en lui disant que le séminaire pourrait être utile aux vergers que ses parents exploitaient dans le département de Yamanashi. L'autre garçon la suivait dans tout ce qu'elle faisait, une attitude fréquente chez les étudiants.

Ce séminaire exigeait des participants qu'ils réalisent un stage collectif de terrain pendant les vacances d'été, pour lequel Miyawaki proposa un thème dès le début de l'année universitaire en avril.

— La famille de Sakita est d'accord pour nous servir de terrain.

Sakita était le nom de l'étudiante. Son ami s'appelait Sugi. Miyawaki les connaissait depuis le lycée.

Il proposa l'exercice suivant : divisés en deux groupes, troisième et quatrième année, les étudiants vendraient des fruits au bord de la route en mettant en pratique les stratégies qu'ils choisiraient, et on verrait lequel des deux réaliserait le meilleur chiffre d'affaires. La proposition emporta l'adhésion de l'exploitant des vergers, car il bénéficierait de main-d'œuvre gratuite au moment de la récolte, en échange de laquelle il leur remettrait les fruits à vendre.

Les Sakita écoulaient une partie de leur production de cette manière. Le jour de la compétition, les étudiants tiendraient les stands.

L'idée plut aux étudiants, qui se montrèrent enthousiastes, mais la constitution des groupes suscita des discussions ardues. Les points contentieux étaient nombreux : les étudiants de quatrième année auraient un avantage sur ceux de troisième, ayant déjà fait un exercice semblable l'année précédente, ceux de troisième année, un autre, la présence en leur sein de la fille du producteur et de celle de deux de ses camarades qui avaient l'expérience de ce type de ventes. Et quelles seraient les conséquences sur la note finale si les quatrième année perdaient ?

Les discussions ne prirent fin que lorsque Kubota annonça que la note serait déterminée par le rapport qui lui serait remis.

— Mais même dans ce cas, monsieur, vous ne croyez pas que ça serait mieux d'avoir une récompense pour les gagnants ?

La question venait d'un plaisantin qui était en quatrième année.

— Comment ça ? Si c'est trop injuste, vous ne serez pas contents, non ?

— Pas du tout, nous ne sommes plus des enfants, et nous reconnaîtrons notre défaite si nous perdons.

Kubota répondit que trop attendre de la puissance économique d'un enseignant était une attitude enfantine.

Miyawaki leva la main.

— Et si la récompense de l'équipe gagnante était un verre de bière artisanale quand on célébrera la fin de l'atelier ?

La proposition était alléchante à la fois pour les étudiants, la bière artisanale ne figurant pas dans les buffets à volonté des restaurants qu'ils fréquentaient, et pour le professeur, car elle n'occasionnerait qu'une dépense modique. Miyawaki était décidément un jeune homme prévenant.

Les étudiants l'approuvèrent.

— D'accord. La récompense de l'équipe qui fera le meilleur chiffre sera un verre de bière artisanale.

Soulagé de n'avoir pas à dépenser trop d'argent, Kubota était reconnaissant à Miyawaki.

Les produits mis à la disposition des étudiants pour cette compétition étaient des pêches et du raisin.

Les équipes de troisième et de quatrième année élaborèrent chacune leur plan.

Les premiers optèrent pour une stratégie avec prix d'appel, en offrant des fruits de qualité inférieure à un prix bas, et les seconds choisirent de permettre aux consommateurs de goûter les fruits. Les deux équipes n'avaient droit qu'à un seul panneau publicitaire de même taille pour mettre en valeur leur argument respectif.

Celui des troisième année ne devait pas inclure : "Un prix défiant toute concurrence." Ils en furent mécontents, mais cela aurait été injuste.

Finalement, le panneau des quatrième année annonçait : "Espace de dégustation disponible", et celui des troisième année : "Fruits hors calibre."

Les deux équipes vendirent du matin au soir, et les troisième année sortirent vainqueurs de l'épreuve. Leur succès était moins lié aux prix de leurs produits qu'à la présentation de leur stand et à la lisibilité de leur annonce. L'expression "Espace de dégustation disponible" était trop longue pour être lue par les automobilistes qui la voyaient au bord de la route. "Fruits hors calibre" ne présentait pas le même inconvénient, et les clients potentiels y associaient un prix moins cher, ce qui les poussait à s'arrêter.

Le résultat aurait peut-être été différent si les clients visés avaient été des piétons, et le point de vente un magasin. La possibilité de goûter aux produits est un argument plus attractif pour des clients de proximité.

Dans les deux cas, les étudiants avaient amplement de quoi rédiger un rapport.

L'épreuve ayant eu lieu le dernier jour du stage, l'exploitant des vergers offrit un dîner d'adieu pendant lequel il remplit de vin le verre du professeur de sa fille pour le remercier. Kubota n'eut pas le temps de lui dire qu'il ne tenait pas l'alcool.

— Ce vin, c'est la cuvée spéciale d'une de nos connaissances qui a un vignoble, ajouta le père de Sakita.

Impossible de refuser, d'autant plus qu'il était délicieux, tant et si bien que Kubota se rendit soudain compte qu'il était ivre.

Miyawaki le tira de ce mauvais pas avant qu'il ne fût trop tard.

— Monsieur, je vais vous raccompagner, vint-il lui dire.

Il était logé avec les étudiants dans une annexe de l'exploitation. Quand il entra dans sa chambre, il s'effondra sur son lit.

— Je te remercie de m'avoir évité de me ridiculiser !

— Les gens qui tiennent bien l'alcool ont du mal à comprendre ceux dont ce n'est pas le cas. Moi, je suis comme vous, et en général, je m'en tire en m'emparant de la bouteille pour servir mes camarades. Mais dans votre position, ce n'était pas possible.

Lorsqu'il lui était arrivé d'aller boire un verre avec les étudiants, Kubota avait remarqué que Miyawaki ne cessait de s'agiter sans deviner la raison de ce comportement.

— On devrait pouvoir apprécier l'ambiance même sans boire, non ?

C'était visiblement son cas.

— Le père de Sakita est un grand buveur ?

— Et comment ! Il nous a souvent fait rouler sous la table, Sugi et moi, quand nous étions au lycée.

— Au lycée ? Mais vous étiez trop jeunes pour boire !

— À quoi bon me dire ça ? C'est au père de Sakita qu'il faudrait en parler.

Miyawaki évita de donner son opinion et ne changea pas d'expression. Sugi avait appris à boire de cette façon quand il était lycéen, mais la méthode n'avait pas eu d'effet sur lui.

— Mais de nous trois, celle qui tient le mieux l'alcool, c'est Sakita !

Il se mit à rire.

— Elle n'était d'ailleurs pas du tout contente que nous fassions le stage ici. Elle s'en est beaucoup plainte. Parce que chez elle, elle doit travailler dur et n'a aucun plaisir à boire.

— Ah bon… Désolé de lui avoir infligé ça. Mais ce stage a été très profitable pour le séminaire. C'est grâce à toi, qui en as eu l'idée. Je suis vraiment content que tu aies décidé de t'inscrire chez moi, ajouta-t-il, car l'alcool lui déliait la langue. Je croyais que tu en choisirais un autre.

Plusieurs de ses collègues dirigeant des séminaires avaient remarqué l'étudiant agréable qu'était Miyawaki.

— Moi, j'avais décidé assez tôt de participer au vôtre.

— Et pourquoi ?

— Parce que j'aimais discuter de livres avec vous, et aussi parce que dès ma première visite dans votre salle, je m'y suis senti bien.

Kubota était perplexe.

— Vous avez sur votre bureau une photo de votre famille avec votre chat et votre chien. Ça m'a plu.

— Tu aimes les chats, c'est ça ?

Miyawaki cligna des yeux, surpris. Kubota avait vu juste.

— Tu as parlé du chat avant le chien.

L'étudiant hocha la tête en riant.

— J'aime bien les chiens, mais je préférerais avoir un chat. Nous en avions un quand j'étais petit.

— Quel genre de chat ?

— Un chat appelé Hachi, vif, et gentil. Il était blanc, avec deux traits formant le caractère 8 sur le front, et une queue en crochet.

— Une queue en crochet, ça veut dire un chat heureux.

— Vraiment ?

Miyawaki l'ignorait visiblement. Kubota avait oublié où il l'avait entendu dire.

— Les chats qui ont une queue en crochet s'en servent pour attraper le bonheur et le rapporter.

— Vraiment... murmura l'étudiant presque dans un soupir, le regard radieux. Donc les chats qui en ont une sont toujours heureux ? Puisqu'ils accrochent le bonheur.

— Ce serait logique.

— Ah bon... lâcha Miyawaki, rêveur. Chaque fois que je vois la photo sur votre bureau, je me dis que j'aurais aimé que le nôtre reste avec moi.

Il expliqua que leur chat avait dû être confié à des cousins.

— Puisqu'il avait une queue en forme de crochet, il a dû être heureux là-bas aussi.

— Tant mieux pour lui.

Ils avaient continué à parler de chats, et cette nuit-là, Kubota avait rêvé d'un chat qui ressemblait à celui dont Miyawaki lui avait parlé.

Il le lui avait raconté le lendemain.

— Vraiment, s'exclama-t-il, les yeux brillants. Et il avait l'air heureux ?

— Euh… Tout ce que je sais, c'est que dans mon rêve, il dormait au soleil.

— S'il dormait au soleil, il devait être heureux.

Puis Miyawaki parut un peu contrarié.

— Hachi n'est pas très gentil d'apparaître dans votre rêve et pas dans les miens.

Son expression boudeuse avait amusé Kubota.

*

— Oui, je m'en souviens. Vous l'aviez vu en rêve, alors que ça ne m'arrivait jamais.

— Et ton air renfrogné m'avait fait rire.

Il est comme ça, vous savez ! Je les écoutais, hilare.

Moi, je trouvais que c'était Hachi qui aurait dû en vouloir à Satoru de ne pas rêver de lui.

— D'ailleurs, Nana aussi a une queue tordue.

Kubota s'est tourné vers moi. Il articule mal, et j'étais sorti de ma cage pour mieux l'entendre.

— Oui, c'est le sosie de Hachi. Ça m'a surpris la première fois que je l'ai vu. Même si son crochet est dans la direction opposée à celui de Hachi. Vue de haut, sa queue forme un 7.

Oui, un 7, et le chiffre 7 porte bonheur. Je suis certain d'être encore meilleur que Hachi pour ce qui est d'accrocher le bonheur.

— Si je comprends bien, ta rencontre avec Nana a changé ta vie.

Vous parlez bien, m'sieu ! Continuez dans la même veine !

Dites-lui donc que maintenant qu'il a fait cette rencontre décisive, il ne doit en aucun cas se séparer de moi !

— Ah… j'étais sur le point d'oublier que j'ai acheté des gâteaux. Tu en prendras bien un.

— Non merci, je n'ai plus faim, s'empressa de répondre Satoru au professeur qui se leva du canapé.

— Tu manques d'appétit ! Il faut manger quand on est jeune !

Et pourquoi ? Satoru mange peu ces derniers temps, mais vous, vous devriez manger moins.

Des gaufres aux haricots rouges pour commencer, des crackers, des fruits, et du pain de Castille… Il faut savoir s'arrêter, non ? D'autant plus que Satoru, après une seule gaufre, n'en peut déjà plus.

— Dommage, ils viennent d'une pâtisserie très appréciée des étudiantes.

— Dans ce cas, je vais y goûter, concéda Satoru qui avait dû remarquer la déception du professeur.

Une fois qu'il avait quitté la pièce, j'ai sauté sur les genoux de Satoru.

— Tu es enfin sorti de ta cage, Nana. Alors, tu crois que tu pourrais te plaire ici ?

Non, pas spécialement. J'avais du mal à entendre ce que ton professeur disait, c'est tout. Il y a un chien ici, ça va me simplifier la vie, il suffira que je lui cherche querelle une seule fois pour que ça ne marche pas.

— J'ai l'impression qu'il m'en veut encore… murmura Satoru en regardant vers la cuisine où s'affairait le professeur.

J'avais remarqué que quelque chose ne collait pas.

S'il offrait sans arrêt quelque chose à manger, c'était pour éviter les silences. Chaque fois qu'il y en avait un, il filait vers la cuisine dont il rapportait douceur après douceur.

Pas besoin d'être un chat pour comprendre qu'il n'était pas à l'aise avec Satoru.

— Choisis celui qui te plaît.

Le carton qu'il a rapporté contenait six gâteaux. Une quantité qui ne collait pas pour deux personnes.

Satoru a eu un instant d'hésitation, mais il a été rassuré en voyant quelque chose qui ressemblait à de la gelée orange. Son soulagement ne m'a pas échappé. Ça, il arriverait sans doute à finir.

— Je vais prendre celui-ci.

— Excellent choix. C'est le gâteau du mois.

Le professeur a sélectionné un mont-blanc bien gras. Il n'avait pas arrêté de manger, son ventre semblait sans fond. À part son complexe vis-à-vis de Satoru, peut-être avait-il une vision différente de la quantité de gâteaux qu'une personne peut manger.

Ça m'a amusé de voir Satoru couper en tout petits morceaux la gelée avec sa cuillère pour éviter que le professeur ne lui propose un deuxième gâteau.

*

Les circonstances qui créèrent des tensions entre Kubota et son étudiant étaient liées à sa situation familiale.

Sa femme apprit qu'elle avait une tumeur maligne. Au moment où Miyawaki entra en quatrième année, on ne lui donnait qu'un an à vivre.

Kubota comptait n'en parler à personne, mais à l'automne, quand sa femme fut hospitalisée, il compris que cette posture était intenable. Il ne maîtrisait pas assez les détails du quotidien pour réussir à tenir sa maison, s'occuper de ses enfants, du chien et du chat, tout en allant voir sa femme à l'hôpital tous les jours, sans révéler aux étudiants du séminaire ce qui lui arrivait. Un séminaire implique des échanges fréquents avec ses participants, à l'université et à l'extérieur.

Mis au courant, ils s'arrangèrent pour réduire la charge de travail de leur professeur.

L'aide de Miyawaki lui fut la plus précieuse. Elle ne se limitait pas au séminaire, car il acceptait volontiers non seulement de faire des courses pour lui, mais aussi de venir garder ses enfants lorsque Kubota n'avait pas d'autre solution.

Les enfants se sentaient bien avec lui. À partir du moment où il vint une fois par semaine, il leur apprit à s'occuper du chat et du chien, ce qu'ils ne faisaient pas avant l'hospitalisation de leur mère.

C'est en voyant le plaisir de Satoru avec les animaux qu'ils eurent envie de l'imiter, expliquèrent-ils à leur père. Le fils aîné prit l'habitude d'aller promener le chien à son retour de l'école, avant la tombée de la nuit.

Lorsque Kubota s'excusait de tant s'appuyer sur lui, Miyawaki répondait en riant que ce n'était rien.

— Je suis très content de passer du temps avec vos enfants. Et puis cette année, le seul cours que je suis est votre séminaire.

Il avait en effet obtenu l'année précédente tous les crédits dont il avait besoin pour son diplôme. Et il avait déjà trouvé un emploi.

Le sachant, Kubota n'hésita plus à se reposer sur lui et alla jusqu'à lui parler de l'état de santé de sa femme, conscient de chercher du réconfort auprès de lui.

Elle n'allait pas bien mais se maintenait, à la manière d'un avion en papier qui vole en rase-motte. Son état se dégrada au début de la nouvelle année.

Les médecins annoncèrent à Kubota qu'elle ne verrait sans doute pas les cerisiers fleurir.

Peu de temps après, Miyawaki sollicita un rendez-vous avec lui dans le bureau du séminaire, alors qu'il lui avait déjà remis son mémoire.

Il y entra, le visage grave.

— Qu'est-ce qui t'amène ?

Pressé d'aller voir sa femme, Kubota ne s'embarrassa pas de préliminaires.

— Monsieur, vous devez parler à vos enfants de ce qui arrive à votre femme, débita Miyawaki d'une traite.

Cette déclaration prit Kubota au dépourvu. Il ne leur avait pas révélé que leur mère ne se remettrait pas. Son fils n'avait que onze ans, sa fille sept, et l'idée de leur dire la vérité lui était insupportable.

Déterminé à ne pas les faire souffrir, il était prêt à garder le secret jusqu'au bout. Il serait temps de leur parler une fois qu'elle aurait quitté ce monde. Il ne voulait pas qu'ils viennent la voir à l'hôpital tourmentés par l'idée qu'elle allait mourir.

Ainsi leurs contacts avec elle seraient remplis de joie jusqu'au bout.

— Ça ne te regarde pas ! s'entendit-il dire.

— Monsieur !

Comment Miyawaki osait-il lui dire une chose pareille ? La colère l'envahit.

Lui qui croyait que l'étudiant était la personne qui le comprenait le mieux, et que c'était la raison pour laquelle il l'aidait si généreusement.

— Je t'interdis de te mêler de ma vie privée, ajouta-t-il comme si l'aide que l'étudiant lui avait apportée n'avait aucune importance.

Plus tard, quand il y avait repensé, il avait eu honte de son égoïsme.

Miyawaki resta sur ses positions.

— Vos enfants comprennent ce qui se passe, monsieur.

Le sang monta à la tête de Kubota quand il l'entendit.

— Ne me dis pas que tu leur en as parlé !

— Non, bien sûr. Mais les enfants savent que sa fin est proche.

S'il l'avait écouté calmement, Kubota aurait sans doute compris les paroles de Miyawaki. Mais dans l'instant, le soupçon et la peur l'avaient submergé.

L'étudiant mentait en affirmant qu'il ne leur en avait pas parlé. Et s'il ne l'avait pas fait, ce n'était qu'une question de temps.

— Votre femme compte pour vous autant que pour vos enfants, vous savez ! Ils veulent pouvoir lui dire au revoir si elle est condamnée ! Je vous en supplie, laissez-les lui faire leurs adieux !

Le ton de Miyawaki lui parut signifier que lui, le père des enfants, ne comprenait rien à leurs sentiments. C'en était trop. Comment lui qui n'avait pas d'enfants osait-il s'exprimer ainsi ? Lui parler comme s'il était plus proche d'eux que lui, leur père ?

— Le devoir d'un parent est de veiller à ce que ses enfants n'aient pas de regrets ! reprit Miyawaki.

— Tais-toi ! Tu ne sais pas ce que ressent un parent.

Si seulement il pouvait remonter le temps et retirer ces mots-là ! Il les avait tellement regrettés.

Mais Miyawaki n'avait pas reculé d'un centimètre, ni cessé de remuer le couteau dans la plaie.

— J'ignore ce que ressent un père, mais je sais ce que ressentent les enfants. Je le sais mieux que vous, parce que moi aussi j'étais enfant !

D'où Miyawaki sortait-il ça ?

— Les enfants veulent faire leurs adieux tant qu'il est encore temps ! Ils veulent remercier leur mère et lui dire qu'ils l'aiment !

Kubota avait failli céder à son ton proche du gémissement.

C'est la raison pour laquelle il lui avait définitivement fermé la porte.

— Ne reviens plus jamais ici ! Je t'interdis de t'approcher de mes enfants ! Et tu n'as plus besoin de participer au séminaire !

Miyawaki avait pris une expression désespérée. Comment la vie privée de quelqu'un d'autre pouvait-elle le toucher à ce point ?

Incapable de regarder ce visage qui exprimait que tout était fini, Kubota avait quitté le bureau du séminaire comme s'il battait en retraite.

Il n'avait pas revu Miyawaki jusqu'à la fin de l'année universitaire.

Kubota n'avait pas menti en lui disant qu'il n'avait pas besoin de continuer à participer au séminaire, car il lui avait remis son mémoire à la fin de l'année dernière.

Son travail était irréprochable.

Miyawaki avait obéi à son injonction déraisonnable et n'y était jamais revenu. Les autres étudiants avaient trouvé étrange l'absence de ce camarade qui contribuait tant à la bonne ambiance du groupe.

Kubota leur avait annoncé qu'il était en préformation chez son futur employeur.

Comme il ne s'expliquait pas la passion avec laquelle l'étudiant l'avait exhorté à révéler la vérité à ses enfants, il s'était adressé avec une indifférence feinte à Sugi, le meilleur ami de Miyawaki, afin d'en savoir plus.

— Il s'inquiétait beaucoup pour mes enfants... Vraiment beaucoup. Tu saurais pourquoi ?

Sugi n'avait pas eu l'air surpris. Miyawaki lui avait peut-être parlé de quelque chose.

— Il a perdu ses parents dans un accident de la route quand il était enfant. Il avait l'âge de votre fils. Peut-être est-ce pour ça qu'il s'est permis de dire quelque chose... avait-il répondu d'un ton qui faisait comprendre qu'il ne voulait pas en dire plus.

— D'accord. Merci de m'en avoir parlé, avait-il dit, accablé.

Son accablement était aussi fort que lorsqu'il avait appris que sa femme était condamnée.

Il avait repensé à ce qu'il avait lancé à Miyawaki et s'en était voulu. "Tu ne sais pas ce que ressent un parent." Comment lui qui avait perdu les siens quand il était enfant avait-il pris ces paroles ? Il n'avait jamais pu leur demander.

"Je sais mieux que vous ce que ressentent les enfants, parce que moi aussi, j'étais enfant !" Miyawaki le savait, sans nul doute.

Kubota, lui, ignorait ce que ressent un enfant qui apprend la mort soudaine de ses parents.

Cette conversation avec Sugi l'avait ébranlé. Devait-il parler à ses enfants ?

Lorsqu'il ne restait presque plus de temps, après avoir longtemps hésité, il avait fini par le dire à son fils.

— Maman n'en a plus pour longtemps.

Son fils avait pleuré, mais il n'avait pas paru choqué. Comme l'avait dit Miyawaki, peut-être l'avait-il pressenti.

Quand Kubota allait voir sa femme, elle était rarement pleinement consciente.

— Merci, maman ! Je t'aime, maman, avait glissé son fils pendant un de ces instants.

Il le lui avait répété plusieurs fois et il avait ordonné à sa petite sœur de le dire aussi.

Sa femme qui ne pouvait presque plus parler avait hoché la tête comme si elle les avait entendus.

Les mots choisis par son fils étaient exactement ceux utilisés par Miyawaki. Kubota s'était à nouveau demandé s'il leur avait tout révélé, mais en voyant son fils parler à sa femme, il avait eu le sentiment que cela n'avait plus d'importance.

Elle avait rendu son dernier souffle à la fin du mois de février, un jour où le froid de l'hiver était revenu.

— Papa, merci de m'avoir prévenu, lui avait dit son fils à la fin de la crémation.

Les larmes avaient afflué à ses yeux.

Quel soulagement que d'apprendre qu'il avait bien fait ! Sa fille était trop jeune pour tout comprendre, mais savoir qu'il n'avait pas privé son fils de l'occasion de dire adieu à sa mère l'apaisait.

Miyawaki qui lui avait recommandé de la lui donner reçut son diplôme de fin d'études un mois plus tard.

Kubota ne participa pas à la fête organisée par les étudiants pour remercier les professeurs, parce qu'il était en deuil, mais il assista à la remise des diplômes.

Les étudiants du séminaire vinrent ensuite le saluer. Ne sachant comment exprimer leurs condoléances, ils ne restèrent pas longtemps avec lui.

Miyawaki était présent, mais Kubota et lui n'échangèrent aucune parole. Dans le contexte, cela n'avait rien d'étrange.

Kubota qui pensait l'avoir blessé par ses propos inconsidérés avait peur de lui parler.

En partant, l'étudiant s'inclina devant lui.

L'enseignant le salua des yeux.

*

— Finalement, j'ai dit à mon fils que ma femme n'en avait plus pour longtemps.

Satoru réagit à cet aveu avec un petit sourire.

— Si tu ne m'en avais pas parlé, je n'aurais pas permis à mes enfants de dire adieu à leur mère. Et malgré ça…

Kubota s'inclina soudain devant Satoru.

— Je te présente mes excuses !

— Ne me dites pas ça, monsieur !

Oubliant que j'étais sur ses genoux, Satoru se releva à moitié. Hé là ! Un autre chat que moi serait tombé, tu sais !

J'ai eu l'impression que mon maître était plus calme après ces excuses. Il s'est rassis sur le canapé.

— C'est plutôt moi qui vous ai jeté à la figure ce que je ressentais sans réfléchir à vos sentiments… Et malgré mon attitude, vous en avez tenu compte. C'est moi qui vous dois des excuses.

Lui aussi s'est incliné devant son ancien professeur.

— Je vous prie de m'excuser.

L'autre a eu une expression ahurie.

— Ces derniers temps, je suis enfin devenu capable de comprendre ce que vous et votre femme avez dû ressentir. De m'imaginer dans la position de celui qui doit faire ses adieux.

Dans une situation où je n'aurais plus qu'un an à vivre, où dire adieu serait la seule chose qui me reste à faire, pensa-t-il.

— Je crois que je ne voudrais pas passer mes derniers jours dans la tristesse, et que je préférerais voir le visage souriant des gens que j'aime, ajouta-t-il.

Enfant ou adulte, on pense d'abord à soi. On veut faire ses adieux définitifs, mais on ne veut pas que ce soit triste.

La frontière entre l'enfance et l'âge adulte est floue, c'est comme ça ! Plus un enfant croit qu'elle existe, plus il aura des idées sur ce que doit être un adulte. Et toi, Satoru, tu en es vraiment devenu un ?

— Malgré ça, j'ai osé critiquer votre choix et celui de votre femme…

Les êtres humains ont perdu la frontière entre l'enfance et l'âge adulte, qui existe chez nous les animaux, au moment où ils ont laissé leurs sentiments, et non plus leur instinct, les guider. Devenus des créatures qui ne peuvent que piaffer en cherchant cette frontière floue, ils sont condamnés à devenir ce qu'ils croient être des adultes.

Au moment où Satoru a tenté d'imposer au professeur son jugement sur ce que devait faire un parent vis-à-vis de ses enfants, sur la base de son propre jugement, il a agi comme un enfant. Mais c'est probablement pour cette raison qu'il l'a convaincu.

Un animal, lui, sait bien que le plus âgé est toujours le plus sage.

— Je suis content d'être venu vous voir aujourd'hui, non seulement parce que vous êtes prêt à accueillir Nana, mais aussi parce que cela me donne l'occasion de vous présenter mes excuses.

Le professeur qui n'avait pas relevé la tête l'a secouée de côté. Il a reniflé, et je crois bien qu'il a versé une larme.

Mais il n'a pas recommencé à offrir des gâteaux comme avant, quand il avait peur du silence.

Visiblement plus calme, il a commencé à évoquer de vieux souvenirs, sans quitter Satoru des yeux. Ils avaient l'air content, et ils ont beaucoup ri tous les deux.

Malgré leur plaisir visible à évoquer le passé, l'heure tournait.

— Bon, le moment est venu de lui présenter ma chienne, non ?

Le professeur s'est levé après avoir dit ça.

— C'était quoi son nom, déjà ?

— Lili ! Elle aime beaucoup les chats, je suis sûr que tout ira bien.

Il a quitté la pièce.

La chienne y est entrée la première. Je devrais plutôt dire qu'elle s'est débarrassée de lui et qu'elle est arrivée en dansant.

"Un chat ! Un chat ! Un chat ! Je veux jouer avec lui !"

Tout excitée, elle s'est approchée de nous. Un dogue allemand, femelle, grande comme un veau.

Non mais ça va pas ! T'es trop grande ! Idiote !

Même Satoru s'est levé, comme s'il voulait fuir, et j'ai grimpé sur le haut de sa tête à la vitesse de l'éclair. J'ai fait le gros dos, gonflé ma queue, pour menacer cette femelle dogue tout excitée.

Tu pourrais quand même comprendre que notre différence de taille ne nous permet pas de jouer ensemble !

Sous le poids des pattes de Lili sur ses épaules, Satoru est retombé sur le canapé.

Un chat !

Ma vie était en jeu, il fallait agir. Même si elle n'avait aucune mauvaise intention, elle pouvait m'ouvrir le ventre en voulant jouer.

J'ai craché et sorti les griffes. Elle a couiné.

Ne t'approche pas ! Recule !

La chienne géante a reculé, mais elle continuait à me regarder comme si elle voulait encore jouer. "C'était pas sympa de faire ça ! Tu m'as fait mal. Bon, tu vas arrêter de faire la tête, oui ou non ? Pour qu'on puisse s'amuser ensemble." C'est ce qu'elle me disait en agitant la queue de toutes ses forces.

Espèce d'idiote ! Comment veux-tu que j'arrête de faire la tête ?

— Est-ce que par hasard Nana n'aime pas les chiens ?

Là n'est pas le problème !

— Non, je ne pense pas que ce soit le problème...

Merci d'avoir traduit ! Garder ce monstre à distance me demande trop d'énergie pour que je réponde.

— Je crois que malheureusement, ça ne va pas être possible pour Nana.

— Ah bon...

Le professeur a enfin reconduit Lili dans la pièce du fond. Je tais le fait qu'elle a résisté et failli le renverser.

— Je suis désolé que ça n'ait pas collé avec Nana, mais aussi très content d'avoir pu te revoir.

— Moi aussi.

Enfin libérés de ce qui pesait entre eux, le professeur et son élève se sont serré la main.

— Je peux te poser juste une question ? a demandé le premier non sans embarras.

— Oui, bien sûr.

— Avant que ma femme nous quitte, mon fils lui a répété plusieurs fois : "Merci maman ! Je t'aime !" Exactement les mots que tu avais prédit qu'il voudrait lui dire. Et je voulais savoir si par hasard tu avais averti les enfants.

— Non, a répondu Satoru en riant. C'est tout à fait normal qu'il ait choisi ces mots. C'est ce qu'un enfant qui a été aimé par sa mère voudra dire en un tel instant.

— Je comprends, a dit le professeur d'un ton convaincu.

— Vous étiez le seul à pouvoir lui apprendre ce qui arrivait à votre femme. Et c'est bien pour ça que je me suis disputé avec vous.

— Ah bon, a répété le professeur en hochant la tête.

Il s'est mis à rire.

— Je te remercie d'avoir osé le faire, a-t-il ajouté.

Et moi, je vous remercie d'avoir dit ça à Satoru. J'ai miaulé doucement dans la cage pour exprimer ma reconnaissance à la place de Satoru qui était trop ému pour le faire.

Après avoir quitté le professeur, Satoru a commencé à marcher sur une rue pavée qui faisait penser à un pays étranger. Une petite rue où il n'y avait guère de circulation, calme, plaisante.

Moi aussi, j'avais envie de faire quelques pas. Lili m'avait bavé dessus, je ne voulais pas que la cage garde cette odeur de chien.

J'ai tapé sur la clé de la cage, et il m'a ouvert.

— Toi aussi, tu veux sortir ?

Les pavés ne me procuraient pas la même sensation que l'asphalte sur lequel je marche d'habitude. Ils étaient frais, un peu inégaux, agréables sous les coussinets. C'était probablement bon pour la santé.

J'ai entendu le déclic d'un appareil photo, je me suis retourné et j'ai vu que Satoru m'avait pris en photo sur son téléphone.

— C'est une belle photo, Nana !

Il avait dû la regarder.

— On va prendre un chemin un peu plus long pour revenir, d'accord ?

Il m'a photographié plusieurs fois pendant que nous marchions. J'ai été sympa et pris des poses mignonnes.

L'odeur de chien s'était dissipée lorsque nous sommes revenus au parking où était garé le break argenté.

Ça avait dû me fatiguer de maîtriser cette chienne grande comme un veau parce que je me suis endormi juste après que la voiture a quitté le parking.

— Nana, on fait une pause !

Réveillé par la voix de Satoru, j'ai bâillé et tourné la tête, en me demandant où nous étions. J'ai tendu le cou, regardé dehors, et j'ai vu une grande étendue d'eau.

— C'est le lac Biwa. Tu sais, je t'avais proposé qu'on s'y arrête en venant.

Je t'avais pourtant dit que c'était pas la peine !

— Allez viens, descends !

Si c'est pour revivre l'horreur qu'avait été la mer… Très peu pour moi. Mais il m'a pris dans ses bras, et j'ai dû quitter la voiture.

J'étais prêt à entendre le grondement des vagues et j'ai presque été déçu… Cette eau-là n'avait rien de terrifiant. Des petites vagues venaient doucement s'écraser sur le bord, sans rugir du tout. Comme sur la mer, l'eau continuait jusqu'à l'horizon, mais c'était leur seul point commun.

Un endroit parfait pour faire quelques pas. D'excellente humeur, j'ai marché sur le rivage.

Nous n'étions pas les seuls à nous promener. Un vieux monsieur qui avait un appareil photo à la main a eu l'air content de voir Satoru.

— Pardon monsieur, vous ne voudriez pas nous prendre en photo ?

Sa femme qui l'accompagnait voulait avoir un souvenir.

Satoru était souvent accosté par des inconnus. Il devait être d'un abord facile.

— Avec plaisir !

Il a pris l'appareil photo et regardé dans le viseur.

— Mettez-vous un peu plus à droite ! Parfait !

Le vieux couple a souri, et il a appuyé sur le déclencheur.

— J'en prends une autre, au cas où…

— Merci !

Je me suis rapproché de Satoru, et la vieille dame a poussé un cri de surprise.

— C'est votre chat ?

— Oui, il s'appelle Nana. Parce que sa queue est en forme de clé, et qu'on dirait un “7”.

Je le pense chaque fois, mais est-ce vraiment indispensable de dire à tout le monde comment je m'appelle ? Bon, je comprends que Satoru soit content qu'on s'intéresse à moi.

— Vous voyagez ensemble ?

— Exactement.

La dame a battu des mains comme si elle venait d'avoir une bonne idée.

— Si vous voulez, je vous prends en photo tous les deux. Je vous l'enverrai.

— Quelle bonne idée ! approuva son mari.

— Vous êtes sûr ? a demandé Satoru, ravi.

Il m'a pris dans ses bras, et s'est mis à un endroit où on voyait le lac derrière lui.

Le monsieur a pris plusieurs photos, et les a montrées à Satoru.

— Oh, merci ! Tu sais Nana, tu es très beau sur la photo ! s'est-il écrié en se dévoilant pour ce qu'il était, un amoureux des chats.

Il leur a donné son nom et son adresse, puis nous nous sommes séparés.

Quelques jours après notre retour à Tokyo, il a reçu une enveloppe sur laquelle l'adresse était écrite avec des caractères qui se tordaient comme des vers de terre. Il s'est exclamé que c'était une très belle écriture.

Elle contenait trois clichés qu'il a longuement étudiés, et un message : “Merci pour l'autre jour. Portez-vous bien !”

— C'est la première fois qu'on est tous les deux sur une photo, Nana !

Comme il vit seul, il n'avait encore aucune photo de nous deux.

— Je suis vraiment content.

Il en a encadré une.

Lorsque nous avons déménagé peu de temps après, il l'a emportée et accrochée dans sa nouvelle chambre. Et il l'a même prise avec lui quand il est entré à l'hôpital où je n'ai pas eu le droit de le suivre.

Une fois qu'il n'en a plus eu besoin, elle m'est revenue.

Je vous raconterai un autre jour comment j'ai vécu heureux le restant de mes jours en la contemplant.

fin.

L'ÎLE AUX CHATS

— Ça te dirait d'aller sur l'île aux chats, Ryō ?

Mon père, qui était photographe, m'a tout à coup posé la question alors que nous étions en train de dîner.

Quelques mois auparavant, il s'était remarié, et nous avions déménagé de Hokkaido à Okinawa.

Sa nouvelle femme s'appelait Haruko. Elle était belle, son sourire était lumineux, mais je ne réussissais pas encore à lui dire "maman", car je n'avais pas oublié la mienne qui était morte.

Quand j'y repense maintenant, j'ai du mal à croire que je me sentais aussi mal à l'aise avec elle.

L'insistance de mon père à suggérer sans cesse des "sorties en famille" pour me rapprocher de Haruko m'exaspérait un peu.

J'étais alors préado. Plus il en parlait, moins j'avais envie d'appeler Haruko "maman".

Mais cette île aux chats m'intriguait. On aurait dit le début d'une histoire fantastique.

— L'île aux chats ? ai-je répété en me tournant vers Haruko.

Elle travaillait comme guide touristique. Et ma question était destinée à lui montrer que je respectais ses compétences.

— C'est l'île Taketomi-jima. Les chats y sont nombreux, et depuis quelque temps, les amoureux des chats s'y intéressent, a répondu mon père.

L'incapacité de mon père à comprendre même les attentions des adultes l'a empêché de percevoir la mienne. Haruko et moi avons échangé un regard amusé.

Il était impossible. Vraiment.

— Et on y va comment ?

Elle a répondu à ma question, et je crois que mon père a alors saisi ma prévenance.

— De Naha, on prend l'avion jusqu'à Ishigaki, et de là un bateau. La traversée ne dure qu'une dizaine de minutes.

— Autrement dit, ce n'est pas très loin.

Il y a beaucoup d'îles à Okinawa, et beaucoup de petits avions pour y aller. Ça, je l'avais compris, et je connaissais à peu près la géographie du département.

— Donc tu as accepté de faire ces photos de chats ?

— Oui, je ne pouvais pas refuser, a répondu mon père à sa femme en lui tendant son gobelet vide.

Ça ne le réjouissait visiblement pas.

— Ah bon ! a réagi Haruko en le remplissant de thé vert.

— J'ai eu beau lui répéter que je ne suis pas un photographe animalier, il m'a dit que ça ne faisait rien.

Un éditeur de ses connaissances travaillait pour un magazine qui préparait un numéro spécial sur les chats. Il y aurait une section sur les chats et les voyages, Taketomi-jima avait bien sûr été mentionnée, mais la publication n'avait pas prévu de budget pour envoyer un photographe là-bas.

L'éditeur s'était souvenu de mon père qui venait de s'installer à Okinawa.

Taketomi-jima est aujourd'hui célèbre pour ses chats, mais ce n'était pas encore le cas à cette époque. Le magazine était bien renseigné.

— Tout ira bien ! Tu aimes les animaux, non ?

Haruko ignorait encore beaucoup de choses à propos de mon père.

— Oui, mais de là à les photographier… Et puis les chats, moi…

— Tu ne les aimes pas ?

Comme mon père ne savait que répondre, je l'ai fait à sa place.

— Ce n'est pas que papa ne les aime pas, mais plutôt l'inverse.

— Tais-toi !

Il a versé le sauté de concombre amer sur son riz et a mélangé le tout.

Il ne savait pas y faire avec les chats. Quand il en voyait un, il voulait tout de suite le caresser et jouer avec lui. Il fonçait sur lui, et l'animal s'enfuyait ou se mettait à cracher.

— Je m'en sors mieux avec les chiens.

Seulement avec ceux qui étaient bien disposés envers les humains. Il faisait peur aux chiens timides, et ceux qui étaient d'un abord moins facile se mettaient à aboyer.

Autrefois, lorsque nous étions allés à Nara, il s'était écrié "un Bambi !" en voyant un faon, avant de se ruer vers lui. La mère du faon s'était mise en colère et l'avait bousculé.

J'ai eu envie de le raconter à Haruko, mais je me suis rappelé que ma mère était avec nous ce jour-là et je n'en ai pas parlé.

— Tu aurais moins de problèmes avec des salamandres géantes, c'est ça ? a-t-elle plaisanté.

— Oui, d'autant plus qu'elles ne courent pas vite, a-t-il répondu, le visage sérieux.

Il admettait ses défauts en tant que photographe.

— Si on y va tous, le mieux serait un week-end ou un jour férié.

Haruko a posé ses baguettes et a sorti son agenda. Elle était souvent prise par son travail en fin de semaine.

— Je n'ai rien de prévu pour le week-end dans quinze jours. Et Ryō n'aura pas classe le lundi, puisque c'est l'anniversaire de la fondation de son école. On pourrait passer trois jours et deux nuits là-bas. Ça serait bien, non ?

Jusqu'à ce qu'elle le mentionne, j'avais oublié ce congé, parce que ce n'était pas un jour férié.

L'idée qu'elle avait noté dans son agenda ce qui se rapportait à mon école m'a ému. Elle se conduisait comme si j'étais son fils. Elle me faisait à manger, s'occupait de ma lessive et venait aux réunions parents-professeurs. C'était mieux comme ça, parce que si mon père y allait, il oublierait la moitié de ce qui avait été dit.

Au quotidien, elle était une mère pour moi.

Combien de temps allais-je encore lui dire Haruko, et non "maman" ?

Mais je n'étais pas encore prêt à le faire. La mienne était morte moins de deux ans auparavant.

Je me laissais gâter par Haruko qui me souriait sans rien dire. Mais je ne l'appelais pas "maman".

— Très bien. Faisons comme ça, a répondu mon père de très bonne humeur.

La date de notre voyage sur l'île aux chats était fixée.

Le jour du départ, il faisait beau.

Nous avons pris le premier avion de Naha à Ishigaki, puis un bus qui a mis une demi-heure pour arriver au port. Haruko avait bien fait les choses : trois heures après avoir quitté la maison, nous étions à bord du bateau pour l'île aux chats.

Ce jour-là aussi, la mer était d'un incroyable bleu turquoise. Plus encore que les fleurs exotiques ou la blancheur du soleil, les petits ports étaient peut-être ce qui m'avait le plus étonné à Okinawa. La mer y avait jusqu'à l'horizon cette belle couleur turquoise que les enfants utilisent pour peindre la mer.

Elle l'avait aussi à Ishigaki. Le bateau qui la fendait comme une lame nous a déposés dix minutes plus tard sur l'île de Taketomi-jima.

Mon père a commencé à prendre des photos avant même que nous débarquions.

Le bateau s'est amarré à la jetée, et les passagers ont commencé à descendre.

Les minibus et les breaks envoyés par les hôtels et les pensions les attendaient. Il n'y avait pas de taxis sur cette île qui ne faisait que 9,2 kilomètres de périmètre.

Tous les autres passagers sont partis, mais nous avons dû attendre que mon père photographie tout, depuis la jetée jusqu'à la mer au large.

— Il n'y a pas de chats ? ai-je demandé à Haruko avec qui je m'étais réfugié à l'ombre.

On n'en voyait aucun sur le port. J'étais un peu déçu car je m'étais imaginé qu'ils nous accueilleraient dès notre descente du bateau.

— Il y en a beaucoup dans les villages et au bord de la mer. Ils ne viennent pas ici car personne n'y reste longtemps.

Même ceux qui vivaient à proximité devaient savoir que les passagers des bateaux ne leur donneraient pas grand-chose à manger.

Au bout des cinq minutes qu'il a fallu au bateau pour embarquer les passagers et repartir, un break est venu se garer à l'arrêt de bus. Haruko lui a fait signe de la main.

— Je lui ai demandé de venir quand ton père aurait fini de prendre tout en photo.

Elle le connaissait bien. Avant leur mariage, elle lui avait souvent servi de guide à Okinawa.

Le trajet jusqu'au village n'a duré que deux ou trois minutes. Nous n'avons pas croisé une seule voiture.

La route qui n'était plus goudronnée mais couverte de sable était bordée de maisons basses en pierre. Comme partout à Okinawa, leurs toits de tuiles rouges étaient ornés de *shīsā*, ces petites sculptures d'animaux à mi-chemin entre le lion et le chien.

Le break s'est arrêté devant l'une d'elles.

— Super ! s'est écrié mon père. Merci !

Il s'est tourné vers moi.

— La première fois que Haruko m'a servi de guide, c'est ici que j'ai fini mon séjour.

— On dirait une maison normale ! C'est une auberge ?

Juste assez grande pour abriter une famille, elle paraissait petite pour ça.

— Les gens d'ici qui habitent ailleurs louent leurs maisons aux touristes. Ils trouvent que c'est mieux que de les laisser tout le temps inhabitées. Elles servent de gîte touristique, autrement dit, m'a expliqué Haruko.

Une de ses connaissances le faisait, pour gagner un peu d'argent en plus de son travail.

Mon père est descendu de voiture et a commencé à décharger nos bagages avec l'aide du chauffeur. Nous en avions plus qu'une famille normale venue pour un long week-end, à cause du matériel de mon père.

Haruko est entrée dans le jardin couvert de gazon et a glissé sa main entre deux pierres du mur. Elle en a sorti une clé à laquelle était attachée une étiquette en bois.

J'ai poussé un cri de surprise qui l'a fait rire.

— La personne qui s'occupe de la maison vient quand elle peut. Sinon, on fait comme ça…

— Partout sur cette île ?

Il n'y avait pas de cambrioleurs ici ?

— Oui.

D'un autre côté, difficile d'imaginer que des voleurs viennent sur Taketomi-jima dans le seul but de cambrioler les maisons inhabitées.

Elle a ouvert la porte. Avec ses trois pièces à tatamis, sa petite cuisine derrière laquelle se trouvait sans doute la salle d'eau, la maison avait juste la bonne taille pour une famille.

J'ai tout regardé en me demandant si Haruko avait aussi dormi ici. Mon père était venu travailler à Okinawa pour la première fois environ six mois après la mort de ma mère.

— Moi, cette fois-là, j'étais logée chez des gens que je connaissais, m'a-t-elle chuchoté à l'oreille.

— Ah bon… ai-je glissé avant d'aller aider mon père avec les bagages.

Le break était déjà reparti.

— La dernière fois que tu es venu, tu as réussi à prendre des bonnes photos de chats ?

— Je n'étais pas venu pour ça.

Mais pour un guide de voyage. Photographier des chats de loin suffisait.

Les trois sets de literie avaient l'air très confortable.

— On va dormir tous les trois en famille pour la première fois ! a dit mon père.

Il m'énervait quand il disait des trucs comme ça. Je me suis demandé si je devais proclamer que je ne voulais pas parce que ça me rappelait maman. Il aurait vraiment mieux fait de se taire.

— Ça sera agréable de se réveiller dans cette pièce orientée à l'est. Il y aura plein de soleil.

En entendant Haruko, je me suis dit que ça ne valait pas la peine de me priver de ce plaisir.

— Bon, je vais préparer à déjeuner. Avec ce qu'il y a dans le frigo.

L'hôte se chargeait de fournir les victuailles pour le séjour, ainsi que des serviettes et des draps. Il y avait aussi une machine à laver et un aspirateur, en bref, tout ce qu'il fallait pour vivre. On se serait cru dans la maison de parents absents, c'était bizarre.

— D'accord. Pendant ce temps-là, je vais aller réserver des vélos, a dit mon père.

Il m'a expliqué que sur l'île, les touristes se déplaçaient à pied ou en vélo de location. Il suffisait d'appeler le loueur pour qu'il les apporte, mais comme c'était tout près d'ici, mon père s'en occuperait.

— Tu emportes un appareil photo ? lui a demandé Haruko d'un ton méfiant. Je prépare des nouilles froides et des légumes sautés, ça sera vite prêt, tu sais !

— Ne t'en fais pas, je reviens tout de suite !

Il est parti, l'appareil photo à l'épaule.

— Il ne sera pas de retour avant une demi-heure.

Je lui ai donné raison. Au moins une demi-heure.

— Tu peux aller faire un tour, si tu veux.

— J'ai plutôt envie de dormir un peu.

Nous nous étions levés tôt. Et les transats que j'avais vus dans le jardin m'attiraient.

— Je peux m'asseoir sur les fauteuils du jardin ?

— Bien sûr !

J'en ai choisi un et m'y suis allongé pour me relever aussitôt. J'avais le soleil dans les yeux. Je l'ai déplacé et j'ai réglé le dossier. À peine l'avais-je fait que j'ai senti que quelqu'un me regardait depuis l'entrée du jardin. Une vieille dame au dos courbé. Je me suis dit qu'elle devait habiter par ici. Mais je ne me sentais pas à l'aise sous son regard inquisiteur, et je me suis relevé.

— Bonjour ! Vous cherchez quelque chose ?

Je me suis approché d'elle et j'ai sursauté en voyant son œil droit tout blanc. Elle a dû le remarquer, car elle l'a caché d'une main.

— Désolée de t'avoir fait peur !

— Mais non, pas du tout.

J'étais indéniablement étonné. Serait-ce ça, la cataracte ?

— J'ai eu une maladie quand j'étais enfant et…

Ce n'était donc pas lié à son âge. Elle ne voyait probablement pas de cet œil. Ça avait dû la gêner quand elle était petite.

— Tu es le fils de ces deux-là ?

Parlait-elle de mon père et de Haruko ? J'ai eu envie de répondre par l'affirmative.

— Ça me paraît bizarre que tu sois si grand, a-t-elle ajouté.

Elle les avait peut-être déjà rencontrés. J'ai décidé de lui expliquer ce qu'il en était.

— Mon père s'est remarié, et je suis le fils de sa première femme.

— Ah bon ! C'est vrai que tu es trop grand pour être né depuis la dernière fois.

Elle les connaissait. Je m'en suis assuré en lui posant la question. Sa réponse a été ambiguë.

— On peut dire ça comme ça. Et vous êtes heureux ?

J'ai été pris au dépourvu. De qui parlait-elle ? De moi ? De mon père ? De Haruko ? Je n'en avais aucune idée.

— Haruko est en train de préparer le déjeuner, et mon père est parti chercher des vélos.

J'ai trouvé ma réponse idiote. On aurait dit : "Maman est en haut qui fait du gâteau, papa est en bas qui fait du chocolat." J'avais d'abord mentionné Haruko, parce qu'elle était dans la maison, et que je m'étais dit que la vieille dame voulait lui parler.

Elle a plissé les yeux. Il m'a fallu un peu de temps pour comprendre qu'elle me souriait.

— Si vous êtes heureux, c'est bien, a-t-elle repris, alors que je n'avais pas dit que nous l'étions. Je me faisais un peu de souci pour ces deux-là.

— Haruko est dans la maison. Vous voulez que j'aille la chercher ?

— Non, non, pas la peine, a-t-elle fait en agitant la main de côté avant de se remettre en mouvement.

Je n'avais aucune raison de la retenir, et je l'ai regardée s'éloigner.

Je suis retourné m'allonger sur le transat. Mon père est revenu peu après.

— Tu te reposes, Ryō ?

— Papa !

Il était arrivé trop tard.

— Tu as raté la vieille dame qui vient de partir. Elle avait l'air de te connaître.

— De me connaître ?

— Oui.

J'ai hésité à lui dire que son œil était tout blanc.

— Je crois qu'elle ne voit pas bien.

Ça ne lui disait rien.

— C'est peut-être une connaissance de Haruko.

Il avait l'air perplexe quand il est entré dans la maison où je l'ai suivi.

— Vous arrivez juste à point ! a-t-elle lancé depuis la cuisine. Ça sera prêt dans quelques instants.

Une bonne odeur de sésame flottait dans l'air.

— Quelqu'un que tu connais est passé, je crois. Une vieille dame, d'après Ryō.

— Je me demande qui ça peut être. Une vieille dame, c'est un peu vague.

— Elle avait un problème à un œil, ai-je ajouté, mais cela ne l'a pas aidée à voir qui ça pouvait être.

— J'en connais plusieurs dans ce cas.

— Je suis sûre qu'elle repassera. Elle ne doit pas habiter loin, a dit mon père.

— Tu as raison.

Elle a apporté deux assiettes pleines, et je suis allé chercher la dernière dans la cuisine.

— Tu aurais pu penser aux baguettes ! Puisque tu avais une main libre, a dit mon père en se levant pour aller les chercher.

— Et tu aurais pu nous apporter le thé, puisque tu avais une main libre ! s'est exclamée Haruko en riant.

Elle est retournée dans la cuisine dont elle est revenue avec une cruche et deux verres. Je suis allé en prendre un troisième.

— Il n'y a pas de plateau dans cette cuisine ? a maugréé mon père en séparant ses baguettes en bambou.

Peut-être se sentait-il coupable de ne s'être occupé que des baguettes.

— Non, malheureusement. J'en parlerai à l'hôte. Un plateau, c'est utile !

Les carottes et l'oignon sautés avec du thon avaient le goût familier de la cuisine de Haruko. C'était très bon, mais mon père a dit qu'il aurait préféré de l'oignon de Chine, une spécialité d'Okinawa au goût un peu prononcé, dont elle se servait dans un de ses plats, les nouilles sautées au bacon. Tout ce qu'elle cuisinait était délicieux.

— Si tu vas m'en acheter à Ishigaki, j'en ferai ! a-t-elle répondu en riant.

Il n'y avait pas de supermarché sur l'île aux chats. Les habitants prenaient le bateau pour aller faire leurs courses à Ishigaki.

— C'est très bon, le thon comme ça. Tais-toi et mange !

Comme souvent, j'ai parlé à mon père comme s'il était mon fils. Ma mère en riait et lui disait qu'il ferait mieux de m'obéir.

À l'égard de mon père enfantin, Haruko faisait preuve de la même magnanimité que ma mère. Il en fallait, pour vivre avec lui. Elle a ri, mais ma mère qui était enseignante aurait sans doute ajouté qu'il devrait réfléchir avant de parler. Tout à coup, j'ai eu l'impression de comprendre pourquoi je ne pouvais pas encore appeler Haruko “maman”.

Elles se ressemblaient. Même si elles ne disaient pas exactement la même chose, leur manière de penser était proche. Elles étaient chaleureuses, attentionnées, et magnanimes. Magnanimes. C'était leur point commun.

Si elles avaient été très différentes l'une de l'autre, peut-être aurait-ce été plus simple pour moi. Pas plus facile, mais plus simple. Mais elles se ressemblaient, et Haruko me rappelait ma mère. D'une certaine façon, mon père recherchait le même type de femme.

Et parce qu'elles se ressemblaient, chaque fois que j'essayais d'appeler Haruko "maman", je n'y arrivais pas.

Le loueur de vélos nous a apporté les vélos dans son petit camion pendant que nous mangions. Trois vélos de dame rouges. Haruko le connaissait. Elle est allée l'accueillir et a signé les papiers.

Après le déjeuner, nous sommes partis à la recherche de chats.

— On ne ferait pas mieux d'avoir quelque chose à leur donner ?

— Bonne idée ! s'est exclamé mon père.

J'ai eu l'impression qu'il n'était pas sûr que les chats s'intéresseraient à lui sans ça.

L'hôte ne nous ayant naturellement pas laissé de nourriture pour chats, nous avons cherché ce qui pourrait convenir dans les provisions. Il y avait du fromage fondu et de la pâte de poisson. Haruko en a coupé en petits morceaux, et nous avons quitté la maison en emportant le sac plastique qui les contenait.

— Fais attention, ça glisse !

Mon père m'a averti comme s'il était le roi du vélo, mais avec son sac à l'épaule et son appareil reflex autour du cou, son équilibre paraissait plus précaire que le mien.

Nos roues creusaient des ornières dans la couche de sable qui recouvrait le chemin, et nous avancions moins vite que sur du goudron.

Nous nous dirigions vers une plage où les chats abondaient, à cinq minutes en vélo de notre location.

À la sortie du village, nous avons retrouvé la route asphaltée qui faisait le tour de l'île. Elle n'était pas en très bon état. Des touffes d'herbes poussaient çà et là dans les trous.

Nous l'avons traversée et avons descendu un chemin de sable durci qui menait à la plage. La mer turquoise brillait à l'horizon.

Nous avons laissé nos bicyclettes sur la petite place où il se terminait. Il y avait un grand kiosque du côté de la mer, sous lequel s'abritaient une trentaine de petits animaux gracieux, du chaton au grand matou.

— Enfin ! s'est écrié mon père en se ruant sous le toit.

Les chats qui prenaient le frais à l'ombre n'ont pas du tout apprécié l'irruption de ce bonhomme excité et se sont dispersés en toute hâte. Le vide s'est fait autour de lui. À chaque pas qu'il faisait, le vide avançait.

— Ils ne m'aiment pas !

Mais ils ne se sont pas enfuis devant Haruko et moi qui marchions tranquillement. Elle est passée à côté d'un chat noir et blanc couché sur un banc et l'a caressé doucement. Il s'est laissé faire, n'agitant qu'une seule fois la queue de droite à gauche.

— Exactement ce que je voudrais faire, a dit mon père d'un ton boudeur.

— Essaie, tu verras bien, a-t-elle répondu en riant.

Il a tendu la main pour le caresser, mais le matou a détourné la tête et a sauté du banc.

— Tu vois bien qu'avec moi, ça ne marche pas… Pourquoi ?

À mon avis, c'était parce qu'il n'était pas assez doux.

— Mais moi, j'ai une arme secrète.

Il a sorti le sachet en plastique de son sac.

C'était mon idée, Haruko l'avait réalisée, et lui s'en servait sans même se rendre compte que cela pouvait nous mécontenter.

Les enfants sont comme ça, on n'y peut rien.

— Tu veux leur donner ça ici ? lui a demandé Haruko en écarquillant les yeux.

— Bien sûr ! Sinon, ça ne marchera pas, a-t-il répondu en riant.

Il n'a pas remarqué l'intensité du regard de Haruko.

— C'est l'heure du repas, venez tous !

Les chats qui se trouvaient à proximité ont dressé l'oreille en l'entendant ouvrir le plastique. Leurs regards ont convergé sur ses mains.

Les plus éloignés se sont rapprochés jusqu'à se trouver à moins d'un mètre de lui. En un rien de temps, il était au cœur d'un filet encerclant.

J'ai reculé instinctivement pour me rapprocher de Haruko. La tension que je percevais dans l'air m'a fait frémir. Les chats du cercle n'avaient rien de mignon ou de quémandeur.

Leur spectacle me rappelait quelque chose que j'avais vu dans des documentaires sur les animaux sauvages. C'était comme ça qu'agissaient les animaux qui chassent en meute.

— Ce sont bien des chats après tout ! Tout gentils sitôt qu'il y a quelque chose à manger !

À l'instant où mon père qui n'avait rien compris a ouvert le sachet, la meute s'est resserrée autour de lui.

En silence, sans un seul miaulement, concentrant leur attention sur lui.

Il a frissonné. Un morceau de pâte de poisson lui a glissé des doigts. Plusieurs chats se sont jetés dessus. Le morceau a disparu dans la gueule du plus rapide.

S'est alors produit le phénomène inverse du vide de tout à l'heure. Chaque fois que mon père essayait de sortir du cercle, les chats se déplaçaient pour l'en empêcher.

Il tremblait et n'osait plus faire un geste. Un chat plus audacieux que les autres s'est impatienté. Il a sauté pour donner une tape sur la main de mon père. D'autres ont visé le sachet en plastique. Ces chats étaient intelligents. Et même un peu diaboliques.

— Haruko ! Ils m'attaquent !

— Bien sûr ! Ce sont des chats sauvages.

— Fichez-moi le camp !

Il a lancé des morceaux de pâte de poisson et de fromage. Le cercle s'est brisé, des chats ont couru dans cette direction pour se battre autour du butin.

Mais ceux-là manquaient de perspicacité. Ceux qui comprenaient qu'il y avait bien plus à manger dans le sac que mon père tenait encore à la main se sont regroupés autour de lui.

Une véritable meute.

L'un d'eux, particulièrement audacieux, a tiré sur le sachet.

Mon père a poussé un cri.

Le contenu s'est répandu sur le sol, les chats se sont jetés dessus.

Ils se sont rossés en hurlant pour en avoir le plus possible.

Un tigré roux qui semblait leur chef en a avalé plusieurs morceaux sans que les autres l'importunent.

— Tu en as déjà eu, toi ! Laisses-en aux chatons !

Mon père a essayé de le chasser, mais le matou a levé une patte pour lui griffer la main.

Tout s'est terminé lorsqu'il ne restait plus rien à manger. Les chats sont retournés se reposer dans leur endroit favori.

— Bande de sales bêtes, leur a lancé mon père qui s'était fait voler ses provisions sans prendre une seule photo.

— Pourtant tu les trouvais mignons tout à l'heure, non ? l'a taquiné Haruko.

— Ce sont des bêtes sauvages, a-t-il répliqué d'un ton boudeur.

— Ils font ce qu'ils peuvent pour survivre. Les gens de l'île les nourrissent, mais pas assez. Les plus forts mangent le plus.

— Donc le tigré roux a toujours assez à manger. Il pourrait en laisser un peu aux chatons.

— Les animaux sauvages ne raisonnent pas comme ça, ai-je lancé.

Même un enfant comme moi le comprenait.

— Tu aurais pu me prévenir qu'ils étaient féroces !

Mécontent, il s'en est pris à Haruko.

— Je n'ai pas pensé une minute que tu leur donnerais ça ici. Je me suis dit que tu t'en servirais quand tu verrais un petit groupe ou un chat solitaire.

Elle s'était en effet étonnée qu'il choisisse cet endroit. Sans doute avait-elle deviné ce qui allait se passer.

— Mais tu n'as pas voulu m'écouter…

— Bon, on parle d'autre chose.

Il boudait. Comme souvent.

— J'arriverai à les photographier même sans ça. Je suis un professionnel, moi ! Et j'ai un téléobjectif.

Il s'est mis à le fixer sur son appareil, en s'asseyant pour cela non dans le kiosque, la forteresse des chats, mais sur un banc à l'extérieur. Peut-être avait-il encore un peu peur d'eux.

Chacun à leur manière, les chats et mon père étaient des pros, de la photo pour lui, de la liberté pour eux.

Maintenant qu'il n'essayait plus de les toucher, les chats ne s'occupaient plus de lui et n'en faisaient qu'à leur tête.

Aujourd'hui, comme on se sert d'appareils numériques, on prend beaucoup de photos et on sélectionne ensuite celles qu'on veut garder, mais à cette époque-là, on ne savait pas ce que donnerait une photo avant son développement qui avait un coût. On n'en prenait pas des dizaines comme maintenant. Les professionnels savaient choisir le bon moment pour appuyer sur le déclencheur.

Son bruit caractéristique résonnait près des chats chaque fois que mon père l'avait trouvé.

— Ça serait bien s'ils bougeaient un peu plus, a-t-il maugréé au bout d'un certain temps.

Tout occupés à leur sieste, ils ne faisaient plus rien d'intéressant. Parfois, il prenait au téléobjectif des chatons qui s'amusaient sur la plage. Le temps passait lentement.

— Ryō, tu ne veux pas aller jouer avec eux ? Comme si tu étais un enfant du pays.

— Non ! Je n'ai aucune envie d'être dans le magazine, moi !

Il y a des enfants qui auraient été ravis de prendre la pose, mais ce n'était pas mon cas. Me voir dans un magazine, non merci, sans façon.

— L'éditeur choisira, rien ne dit que ta photo sera publiée.

— Mais ce n'est pas non plus impossible, et je ne veux pas. En plus, ce ne serait pas authentique. Je ne suis pas d'ici !

— Et si je te présente comme un enfant de touristes ?

— Non, non et non !

— Venez vite !

C'était la voix de Haruko. Un corbeau s'en prenait à des chatons sur la plage. Il en avait isolé un qu'il s'apprêtait à saisir.

Mon père a posé son appareil et a couru vers le rivage. Il a de bons réflexes dans ce genre de situations.

Haruko l'a suivi avec un peu de retard.

Comme les deux adultes étaient partis en laissant sans surveillance le matériel coûteux de mon père, je suis resté sur place. Même si tout le monde sur l'île était honnête, c'était ce qu'il avait de plus précieux.

— Aïe ! cria mon père agressé par l'oiseau.

— Tiens bon ! lui cria-t-elle.

Elle battait des bras. Le corbeau, furieux d'être dérangé, ou peut-être décidé à ne pas l'être, les attaquait tous les deux.

— Ils n'ont pas changé, ces deux-là !

Je me suis retourné en entendant une voix derrière moi. C'était la vieille dame de tout à l'heure. Son œil blanc était encore plus visible sur la plage lumineuse.

— Comment ça, ils n'ont pas changé ?

— La dernière fois aussi, ils ont tout fait pour sauver un être vivant qu'ils auraient dû laisser mourir.

— Qu'ils auraient dû laisser mourir ?

N'était-ce pas naturel de vouloir sauver un chaton sans défense attaqué par un corbeau ?

— Les faibles deviennent des proies. C'est comme ça.

Les mots de la vieille dame étaient sans pitié, mais ils ne me paraissaient pas cruels.

— Si les faibles ne meurent pas, ça bloque.

Je ne lui ai pas demandé pourquoi. Sa réponse m'aurait probablement causé du désespoir.

— La dernière fois aussi, ils ont secouru un chaton ?

— Non, un chat adulte. Qui avait déjà vécu assez longtemps et pouvait mourir.

— Salaud ! a crié mon père.

Je me suis retourné. Il lançait du sable en l'air.

— Ryō ! Apporte-moi des cailloux !

— Quoi ?

J'ai regardé autour de moi. Le kiosque était bâti sur du sable, je ne voyais rien qui puisse me servir.

— Je pense qu'il y en a là-bas.

La vieille dame a pointé du doigt un bosquet un peu plus loin. J'ai hésité. J'aurais bien aimé continuer à l'écouter, cette vieille qui parlait sans pitié. J'aurais voulu entendre ce qu'elle avait à dire sur mon père et Haruko. Sur leur première rencontre, à propos de laquelle je ne savais rien. Sur leur sauvetage de ce chat adulte qui avait vécu assez longtemps et pouvait mourir.

— Vas-y donc ! m'encouragea-t-elle. Si tu veux savoir la suite, tu n'as qu'à aller regarder les étoiles dans le jardin ce soir. La nuit aussi, je me promène par là.

Le corbeau avait renoncé au chaton avant que je n'apporte des cailloux à mon père et à Haruko. Leurs gesticulations avaient dû le décourager.

— On lui a sauvé la vie, mais il ne nous a même pas dit merci !

Sitôt le corbeau envolé, il avait détalé dans la direction du kiosque.

— C'est normal. C'est comme ça dans la nature, pour les chats, a répliqué Haruko en riant.

— Si c'est comme ça dans la nature, mieux valait ne pas le sauver, non ? n'ai-je pu m'empêcher de lui demander.

Je n'avais pas oublié les paroles de la vieille dame. "Les faibles deviennent des proies. C'est comme ça. Si les faibles ne meurent pas, ça bloque."

— Oui, peut-être, a souri Haruko. Mais la nature a aussi voulu que nous soyons là à ce moment.

— Exactement, a ajouté mon père. Ce chaton a eu de la chance. Les chanceux s'en tirent, les autres meurent. On n'y peut rien. Et puis ç'aurait été terrible de regarder les bras croisés ce chaton se faire tuer. Alors qu'on est ici tous ensemble, en famille.

— Tu es venu pour ton travail, non ?

— Oui, mais c'est moi qui paie pour vous, donc ce n'est pas faux non plus.

Le chaton chanceux avait retrouvé les autres. Il se fondait dans la masse, je ne le voyais plus.

Certains jours, les corbeaux avaient de la chance, et pas les chatons. Aujourd'hui, celui-là en avait eu. Ce raisonnement simpliste me convenait.

C'est selon ce principe que vivaient mon père et Haruko, me suis-je dit.

Mon père est resté sur la plage jusqu'au soir.

Des touristes sont passés, ils sont devenus la proie des chats comme mon père. À d'autres moments, les chats se sont battus entre eux.

— Il n'est pas très malin, celui-là ! a dit mon père en montrant du doigt un chat tigré dont les yeux semblaient bordés d'eye-liner.

Plus grand qu'un chaton, il n'avait pas la taille d'un adulte. D'après Haruko, il devait avoir autour de six mois. Peut-être parce que sa position dans le groupe n'était pas forte, il se faisait exclure par l'attitude menaçante des autres avant même de participer à la lutte pour saisir la nourriture lancée par les touristes.

Même lorsque quelque chose tombait à sa portée, il hésitait tellement qu'un autre chat finissait toujours par s'en emparer.

— Ç'aurait été bien si j'avais encore eu quelque chose à lui donner !

Mon père observait comment un autre visiteur s'y prenait pour nourrir les chats. Il commençait par faire tomber sur le sol une quantité assez importante de ce qu'il avait apporté. Cela attirait des chats. Lorsqu'ils se mettaient à se battre, le touriste s'approchait doucement du chat qui l'intéressait et se penchait pour lui passer un peu de nourriture sous le museau.

Avec cette méthode, nous aurions sans doute pu donner à manger au tigré craintif.

Le soleil virait à l'orange. Mon père a changé l'ouverture du diaphragme pour tourner son objectif vers la mer et les chats.

C'est alors que j'ai trouvé quelque chose d'extraordinaire.

— Papa ! l'ai-je appelé doucement.

Il l'avait vu aussi. Un chat était en train de tirer quelque chose sous un arbuste, un pluvier au cou brisé qu'il venait de tuer.

Celui qui agissait ainsi, afin que les autres ne le voient pas, était le chat tigré maladroit de tout à l'heure.

Mon père a pris plusieurs photos.

Le chat a poussé son butin dans la cachette. Le pluvier n'avait pas eu de chance. Quant au chat tigré, il ne devait rien à la chance, mais tout à ses compétences. L'oiseau avait eu la malchance de croiser un bon chasseur.

— Ça, c'est un animal sauvage, a murmuré mon père.

Chance, malchance, compétences : dans ce petit royaume sauvage proche d'un lieu habité par l'homme, la combinaison de ces trois éléments décidait qui survivait.

— On rentre ?

Mon père avait reposé son appareil photo.

Continuer à essayer n'aurait rien apporté de plus. Il avait pris sa meilleure photo de la journée.

Sur le chemin du retour, nous avons croisé d'autres chats, mais mon père n'a pris aucune photo.

Pour le dîner, Haruko s'est servie de ce qu'il y avait dans le réfrigérateur pour nous préparer du tofu sauté aux légumes, et de la papaye verte à la viande de porc.

— Ryō, tu veux prendre ton bain maintenant ? m'a-t-elle demandé pendant qu'elle faisait la vaisselle.

— Non, j'irai après. Je peux m'allonger un peu dans le jardin ?

— Oui, mais il fait plus frais que pendant la journée.

— J'ai envie de regarder les étoiles dans le transat.

— D'accord, à condition que tu te couvres avec ce drap de bain.

— Tu me donnes envie de faire pareil, a lancé mon père.

Il y avait deux transats sur la pelouse mais je lui ai suggéré de prendre son bain en premier.

— Si toi aussi tu le prends après, Haruko devra attendre que nous ayons fini tous les deux et il sera tard, ai-je ajouté.

Elle prenait toujours son bain la dernière. De manière à vider la baignoire et la nettoyer.

— Oui, mais j'aurai froid si je sors après le bain. Moi aussi, j'ai envie de voir les étoiles !

Mon père, cet enfant.

— Si tu t'essuies bien les cheveux et que tu sors avec une serviette sèche, ça ira !

— Et tu auras aussi droit à une autre bière.

Haruko m'a prêté main-forte et nous avons réussi à le garder à l'intérieur.

S'il était là, la vieille femme ne pourrait rien me raconter sur lui et Haruko. J'ignorais à quelle heure elle se promenait, mais les vieilles personnes se couchent souvent tôt, ce ne serait probablement pas très tard. Peut-être maintenant. Nous avons fini de dîner, il était un peu avant vingt heures.

Si elle ne venait pas, cela signifierait que je n'avais pas eu de chance.

Je me suis allongé sur le transat. Les étoiles me paraissaient très proches. Comme si elles pouvaient tomber à tout moment.

Ce serait encore mieux en éteignant la lumière de l'entrée. Je me suis levé pour m'en occuper et je ne l'ai pas regretté.

J'avais l'impression qu'il me suffirait de tendre la main pour attraper une poignée d'étoiles. Je me sentais comme un roi sur mon transat.

Je me suis souvenu de la chanson du Tanabata, qui parle de sable d'or et d'argent. Cela correspondait à ce que je voyais.

— Ah, tu es là !

J'ai aperçu le visage de la vieille dame à l'entrée du jardin.

— Oui, puisque vous aviez dit que vous vous promeniez la nuit. J'ai pensé que ce serait probablement à cette heure-ci.

— C'était bien réfléchi, m'a-t-elle félicité.

— Asseyez-vous, je vous en prie !

Je lui ai montré l'autre transat. Elle s'est approchée et s'y est installée.

— Tu voulais que je te parle d'eux, n'est-ce pas ?

Elle s'est mise à me raconter la première visite de mon père et de Haruko sur cette île.

*

À son arrivée sur l'île, mon père était comme une âme en peine.

Haruko s'était fait du souci pour lui dès leur première rencontre.

Le temps était à la pluie pour sa première visite à Okinawa. Elle avait suggéré d'en tirer parti pour aller prendre des photos de la tempête en l'emmenant dans des lieux connus pour les vagues. Tout ça, je le savais déjà.

J'avais entendu dire que l'attitude positive de mon père face au mauvais temps avait plu à Haruko. J'en avais conclu qu'il avait été heureux pendant ce voyage.

— Pas du tout, pas du tout, m'a détrompé la vieille dame en secouant la tête de gauche à droite. Ton père paraissait très soucieux. Comme si son *mabui* s'était détaché de lui.

Le *mabui*, c'est le nom qu'on donne à Okinawa à ce qui serait notre essence vitale. Quelqu'un qui a subi un choc ou qui est très stressé peut le perdre.

Il faut absolument le récupérer et le faire revenir dans son corps, car sinon, on se sent oppressé, on n'est pas bien, et on peut même en tomber malade.

La raison pour laquelle mon père avait perdu le sien m'était évidente. La mort de ma mère l'avait désespéré. Il fuyait cette réalité en partant en reportage dans tout le Japon.

Il n'avait pas encore récupéré son *mabui* quand il avait fait connaissance avec Haruko.

— Et ta maman, elle faisait tout pour l'aider.

Je n'ai pas dit à la vieille femme que je n'arrivais pas encore à appeler Haruko "maman". Légalement, elle l'était devenue, et je n'avais aucun désir de me conduire comme un bébé qui raconte à la première personne venue ses tourments parce que son père vient juste de se remarier.

Cela m'aurait empêché de me moquer des enfantillages de mon père.

Le temps s'était remis au beau une journée, mais une autre tempête était annoncée pour le lendemain. La houle était à nouveau forte. Lassé de photographier la mer déchaînée, mon père avait commencé à tourner son objectif vers les maisons couvertes de tuiles rouges.

Ce soir-là, il devait passer la nuit dans la maison où nous étions. Haruko paraissait regretter un peu de ne pas lui avoir trouvé un hébergement en pension complète.

— Je passerai vous chercher tout à l'heure pour que nous allions faire le tour de l'île de nuit, n'oubliez pas de dîner avant. Vous pouvez vous servir de tout ce qu'il y a dans le frigo. Et si vous n'avez pas envie de cuisiner, il y a aussi des nouilles instantanées, lui avait-elle répété, mais elle se faisait quand même du souci pour lui.

— À moi aussi, elle m'a dit en repartant qu'elle comptait sur moi pour veiller sur lui, a continué la vieille femme en riant.

Qu'elle ait demandé ça à une vieille voisine montrait à quel point elle était inquiète pour lui.

Elle était revenue à la maison avant l'heure de leur rendez-vous, en lui apportant de quoi dîner.

— Monsieur Sakamoto !

La porte de la maison n'était pas verrouillée, mais il était sorti. La lumière était allumée. Elle avait aperçu un message sur la table basse.

“Je suis parti voir la mer.”

Un guide d'Okinawa était ouvert sur la table. À la page consacrée à la jetée de l'ouest.

Elle avait mis le repas dans le frigo et s'était assise pour attendre mon père. L'heure à laquelle elle avait dit qu'elle viendrait était arrivée.

Elle avait alors décidé d'aller à sa rencontre.

— J'ai fait un bout du chemin avec elle.

La vieille dame était plus prévenante que je ne l'avais imaginé.

L'endroit n'était pas illuminé, l'obscurité était profonde. La mer était toute noire, impossible de distinguer quelque chose au loin. Seule l'écume blanche des vagues qui se brisaient contre la jetée se détachait dans la lumière de la lune.

Assis au bord de l'eau, la tête basse, mon père fixait l'horizon. Soulagée de le voir, elle s'était approchée de lui.

— Monsieur Sakamoto !

Il avait relevé la tête. Elle s'était figée : les larmes ruisselaient sur ses joues.

— Euh… avait-il bredouillé en se frottant le visage. Je pensais à ma femme. Désolé de vous infliger ça.

Il avait reniflé.

— Je sais bien que je ne peux pas continuer comme ça !

Elle n'avait rien pu faire d'autre que rester debout à côté de lui.

— Mon fils est bien plus fort que moi. Je suis un bon à rien…

— Vous avez tellement souffert, avait-elle murmuré impulsivement.

Il avait éclaté en sanglots, comme si une digue s'était rompue en lui.

Elle s'était agenouillée à côté de lui et lui avait frotté le dos, comme s'il était un enfant qui pleure parce qu'il s'est écorché le genou.

La compassion, c'est venir en aide à quelqu'un dont on voit la souffrance.

Mon père continuait à sangloter.

Haruko était restée à côté de lui jusqu'à ce qu'il pleure un peu moins fort

— Je retourne à votre gîte. Revenez quand vous voulez, lui avait-elle dit avant de s'éloigner.

Mon père n'avait pas relevé la tête ni répondu. Il ne luttait plus contre ses sanglots.

Il avait tardé à revenir.

Au bout de presque une heure, inquiète, elle était repartie à sa rencontre.

Arrivée sur le rivage, elle avait discerné sa silhouette. Debout au bord de l'eau, il contemplait la mer. Puis il s'était élancé dans les vagues.

Sans même pousser un cri, elle lui avait couru après.

Lui continuait à avancer dans la mer.

— Monsieur Sakamoto !

Il ne s'était pas retourné.

Elle l'avait suivi en courant aussi vite qu'elle le pouvait. Lorsqu'elle l'avait rattrapé, l'eau lui montait jusqu'à la poitrine.

— Revenez ! Arrêtez !

Malmenée par les vagues, elle lui avait pris le bras. Le vent qui soufflait fort recouvrait sa voix.

— Si vous faites ça, que va devenir votre fils ?

— Lâchez-moi !

— Il n'en est pas question !

— Le chat ! avait-il crié. Il va mourir !

Elle s'était tue et avait regardé le tourbillon d'écume qu'il lui montrait. Un chat était en train de se noyer. Ils avaient uni leurs forces pour le repêcher et étaient revenus sur la plage en luttant contre les vagues.

— Il va mal !

Mon père parlait du chat gris trempé qu'il serrait contre lui. Il paraissait inconscient.

— Il a dû boire la tasse.

— On peut faire la respiration artificielle à un chat ?

Il l'avait pris par les pattes arrière et l'avait secoué de haut en bas.

— C'est trop violent !

— C'est comme ça qu'on fait quand un enfant a un bonbon coincé dans la gorge. J'espère que le chat va recracher l'eau qu'il a avalée.

Il avait raison. C'est ce qui s'était produit. Une fois que le chat avait fini de tout expulser, il s'était allongé sur le sable.

— Ramenons-le au gîte, avait-elle suggéré.

— Bonne idée ! Il fait trop froid ici.

Ils grelottaient tous les deux.

De retour au gîte, ils l'avaient douché à l'eau chaude, puis séché avec des serviettes et au sèche-cheveux. Ensuite, ils l'avaient placé dans un carton et avaient pris eux-mêmes une douche. Haruko s'était habillée d'un kimono de nuit qu'elle avait trouvé dans un des placards.

Une fois qu'ils s'étaient réchauffés, le chat avait meilleure mine. Ce n'était plus un chat noyé mais un chat endormi.

— Euh… avait-elle commencé d'un ton hésitant. Désolée pour tout à l'heure. Je me suis méprise sur vos intentions.

— Ne vous en faites pas pour ça !

Mon père était aussi gêné qu'elle.

— C'est tout à fait compréhensible. Vous m'avez d'abord vu sangloter, et quand vous êtes revenue, je courais vers la mer.

Il avait regardé le chat endormi.

— J'ai l'impression qu'il a un problème aux yeux.

— Je crois que vous avez raison. Il doit vivre par ici, je l'ai déjà vu.

— Il vous a suivie quand vous êtes venue sur la jetée. Ensuite il est resté près de moi un moment, et quand je me suis calmé, il s'est éloigné. Il a dû tomber de la jetée.

— S'il m'a suivie, tout est de ma faute.

— Non, de la mienne. Je ne sais pas pourquoi, mais j'ai l'impression qu'il voulait veiller sur moi.

Ils ont continué pendant quelque temps à dire : “non, c'était de ma faute”, “non, de la mienne”. Ils voulaient chacun être responsable de la mésaventure du chat.

Au bout d'un moment, ils avaient commencé à rire tous les deux.

— Et cette promenade nocturne ?

— On la fera une autre fois, a répondu mon père. Quand je reviendrai, avec mon fils.

— Je vous attendrai.

Elle était repartie après lui avoir dit qu'il trouverait de quoi manger dans le réfrigérateur.

*

— Ce chat était vraiment idiot pour tomber dans la mer ! L'heure de sa mort était arrivée !

La vieille dame n'était pas tendre pour les chats.

— Il a eu de la chance !

C'était la logique de mon père et de Haruko.

— Le hasard a fait que tous les deux soient là à cet instant, ai-je ajouté.

Un royaume sauvage proche d'habitations humaines. Qu'il y ait quelques interférences entre les deux mondes était normal.

— De la chance… Oui, pourquoi pas ? murmura-t-elle avant de pouffer de rire. Mais je crois bien que toute cette agitation a fait revenir le *mabui* de ton père.

— Autrement dit, un bienfait n'est jamais perdu !

Ni pour les êtres humains ni pour les chats, ai-je pensé.

Elle s'est levée non sans peine.

— Vous voulez que j'aille chercher mon père et Haruko ?

— Non, c'est pas la peine. Il faut que je rentre chez moi, sinon ma famille va finir par s'inquiéter.

Elle est partie vers la porte du jardin d'un pas tranquille. Une fois qu'elle y était, elle s'est retournée vers moi.

— Tu vas finir par lui dire "maman" ?

— Hein ?

— Je crois qu'ils n'attendent que ça.

Je savais que c'était vrai de mon père.

— Mais elle est patiente, elle ne te le dira jamais.

— Vous êtes sûre ?

La vieille dame s'est éloignée sans me répondre. Je suis resté debout dans le jardin. Haruko est venue me rejoindre.

— Va prendre ton bain, Ryō !

Mon père est apparu à son tour, une canette de bière à la main. Ses cheveux étaient secs.

— Allez, vas-y ! Dis donc, c'est royal, ici !

Nous avions tous les deux le même avis.

Le lendemain, nous avons continué à chercher des chats dans toute l'île. Sur la plage au sable étoilé aussi, il y en avait qui dormaient. Mon père les a photographiés sous tous les angles.

Nous nous sommes lancé le défi de voir qui ramasserait le plus de sable étoilé, mon père a perdu, et il a fait la tête, comme de bien entendu.

Ce soir-là, nous avons fait le tour de l'île de nuit.

Les chats se reposaient sur la plage près du kiosque dans la lueur blanchâtre de la lune.

— Ça va faire une photo inhabituelle, a dit mon père.

Il a sorti un trépied et a réglé l'obturateur à une vitesse très lente, environ vingt secondes. Il le fallait pour prendre des photos de nuit, car la plage n'était éclairée que par la lune et les étoiles.

Il a rangé son appareil et continué à observer les chats dans la nuit.

— Nous avons enfin fait le tour de l'île de nuit, a murmuré mon père.

Avec son fils, comme il se l'était promis lors de sa première visite sur l'île aux chats.

— La dernière fois…

La dernière fois, tu as sauvé un chat. J'ai failli le dire mais j'ai réussi à m'arrêter à temps.

Ce jour-là, mon père avait sangloté en pensant à ma mère. En parler alors que nous étions maintenant en famille avec Haruko n'était pas une bonne idée.

— Tu as dit quelque chose ?

Il fallait que je lui réponde.

— La dernière fois, tu ne l'as pas fait ?

Ça a sonné assez naturel. Je n'avais pas trouvé mieux. J'étais encore un enfant.

Haruko et lui ont échangé un regard. Et un petit sourire.

— La dernière fois, les vagues étaient trop fortes.

Ce n'était pas un mensonge. Mais pas non plus toute la vérité.

Les adultes savent se débrouiller avec les mots, et mon père a quand même des côtés adultes, ai-je pensé.

— Je voulais revenir ici avec toi, a-t-il ajouté.

J'étais au courant. Mais je l'ai tu.

— C'est très bien que nous ayons pu venir ici ensemble tous les trois !

Je ne lui disais pas tout. Sans pour autant lui mentir.

Comme il avait pris assez de photos de chats, nous avions décidé de passer le lendemain à Ishigaki avant de rentrer chez nous en fin de journée.

Nous sommes partis du gîte à temps pour le bateau de neuf heures. Haruko a mis les clés là où elle les avait trouvées, et nous étions en train de charger nos bagages dans la voiture venue nous chercher lorsqu'un vieux chat s'est approché sur le chemin sableux. Son pelage blanc délavé était taché de noir.

Haruko a poussé un cri de surprise et elle a appelé mon père d'une voix excitée. Quand il a vu le chat, il a eu l'air très content.

— Alors tu vas bien ? a-t-il demandé au chat en le caressant doucement.

Celui-ci a frotté la main de mon père de la tête, comme s'il le connaissait.

— Ton père l'a sauvé de la noyade la fois précédente, tu sais !

Je ne lui ai pas répondu que je le savais, mais j'ai hoché la tête.

— Je l'ai déjà vu.

L'œil droit du vieux chat était presque blanc.

— Tu crois qu'il vit toujours par ici ?

— Figure-toi que quelqu'un du quartier s'occupe de lui maintenant.

— Vraiment ? Quelle chance pour lui ! Tu vas pouvoir rendre ton dernier souffle sous un toit !

Le chat s'est frotté encore plus fort à mon père, comme s'il voulait le remercier. Puis il s'est approché de Haruko et de moi en faisant la même chose…

— Merci, lui ai-je soufflé en le caressant. Merci de m'avoir raconté tout ça. Et ne t'en fais pas, je finirai par lui dire "maman".

Il s'est collé à moi. Comme pour me féliciter.

Le lendemain, mon père a développé les photos et les a expédiées au magazine.

Un mois plus tard, le rédacteur nous a envoyé un exemplaire du numéro spécial consacré aux chats.

Mon père en a tourné les pages avant de pousser un long soupir, déçu.

— Pfff… Ils ne l'ont pas prise !

Haruko et moi l'avons regardé à notre tour. Nous avons tout de suite compris de quoi il parlait. Le cliché dont il était le plus satisfait, celui où l'on voyait le chasseur de pluvier, n'avait pas été retenu pour la publication.

Des photos de chats jouant la nuit sur la plage, ainsi que celles de mignons chatons, y figuraient.

Mon père touchait la même somme quelles que soient les photos publiées, mais il était triste que celle dont il était le plus fier n'ait pas été choisie.

— Ne te laisse pas abattre ! La photo avec le pluvier est ma préférée. C'est celle qui montre le mieux les chats d'Okinawa.

— Moi aussi, papa !

Nous avons fait notre possible pour lui remonter le moral, car déprimé, il était fatigant.

Haruko et moi agissions de concert, comme une mère et son fils.

Le jour où je lui dirais "maman" n'était peut-être plus lointain.

Donc, ne t'en fais pas, ai-je chuchoté en mon for intérieur à l'attention du vieux chat à l'œil droit presque tout blanc.

fin.

VILAIN TOM !

Au milieu de la nuit, une respiration bruyante juste à côté de ma tête posée sur l'oreiller. Puis le picotement de moustaches. J'ouvre les yeux. Planté sur ces pattes, Tom m'observe de très près.

Ses yeux noirs m'intiment de me lever. Je lui obéis et le suis jusqu'au meuble où sont enfermées ses friandises dans la salle à manger. De temps en temps, il se retourne pour s'assurer de ma présence. "J'ai faim ! Donne-moi quelque chose !" Il est trois heures du matin.

Vilain Tom, mignon Tom.

À force d'être réveillée toutes les nuits à trois heures, je manque de sommeil. Je vais me coucher, déterminée à l'ignorer. Je mets ma résolution en pratique et refuse de me lever quand il respire dans mes oreilles. Il saute sur mon oreiller qu'il se met à pétrir de ses pattes avant. Je continue à faire semblant de dormir, et lui à poser ses pattes sur mon visage comme par erreur une fois sur cinq. Je finis par céder et me lève.

Vilain Tom, mignon Tom.

Cette nuit, je ne me lèverai pas. Je m'endors, décidée à lui résister. J'ignorerai sa respiration bruyante, ses pattes qui pétrissent, il sera vaincu.

À peine me suis-je endormie que monte un chant d'oiseau électronique. Piou piou piou ! J'ouvre les yeux et vois le jouet pour chats qui fait ce bruit quand on le pousse. Il s'en sert comme d'un réveil pour humains. Une preuve du génie félin ?

Vilain Tom, mignon Tom.

Je vaincrai. J'ignorerai sa respiration bruyante, ses coups de patte et le piou piou piou. Il reculera.

Il saute de nouveau sur mon oreiller. Je ne cède pas quand il commence à pétrir. Il se plante au-dessus de mon visage en restant à une hauteur où les poils de son ventre frôlent presque mon nez. Je n'ai d'autre choix que me lever.

Vilain Tom, mignon Tom.

Je ne peux pas continuer à le laisser me dominer. J'ignorerai sa respiration, ses coups de patte, et le piou piou piou. Je tournerai la tête de côté pour ne pas que ses poils me chatouillent les narines. Tom s'en va. Quelques minutes plus tard, le cri d'un oiseau fou dans la salle à manger. Piou piou piou ! Piou piou piou ! Piou piou piou ! (j'abrège). Il le fait exprès pour que je l'entende et me mette en colère. Il atteint son but et dans ma rage je fais disparaître le bruit en passant du rock très fort.

Vilain Tom, mignon Tom.

J'ignore sa respiration, ses coups de patte. J'ai caché le piou piou piou sous ma couverture. J'évite les poils de son ventre. Monsieur fait le tour de mon oreiller et vient frotter sa tête contre la mienne. Fermement. Sa coquetterie est trop mignonne. Si je l'ignore, il ne recommencera peut-être jamais.

Quand je pense à l'équilibre entre pertes et profits, je ne peux que me lever.
Vilain Tom, mignon Tom.

Le manque de sommeil me conduit à faire la sieste. Tom prend le soleil au bord de la fenêtre derrière la moustiquaire.

Soudain ses poils se hérissent et il commence à s'agiter. Je regarde et vois une charmante créature dehors.

— Qu'est-ce qu'il est mignon, celui-là ! dis-je à Tom qui me regarde.

Il n'a pas l'air content du tout. Son regard est plus éloquent que s'il me disait : "Qu'est-ce que tu racontes comme bêtises, toi !"

Vilain Tom, mignon Tom.

Des pétales de cerisier virevoltent dans l'air de l'autre côté de la moustiquaire. Le charmant chat dehors essaie de les attraper. Les cerisiers commencent à perdre leurs fleurs.

Tom est un chat.

En 2020, le monde n'est pas englouti par le feu nucléaire, mais l'heure est grave.

Cette année aussi, les daphnés odora ont fleuri, comme les magnolias et les cerisiers.

Au printemps prochain, ils refleuriront.

Et Monsieur Tom continuera ses attaques nocturnes.

Presque un an s'est écoulé.

Les pruniers ont fleuri, mais pas encore les cerisiers.

Monsieur Tom continue ses offensives nocturnes.

J'étais en train d'écrire ces lignes lorsque j'ai entendu un étrange ronronnement à basse fréquence.

Je me suis retournée. Monsieur Tom ronronnait fort tout en pétrissant un coussin du canapé. Il me fixait des yeux.

Je me suis approchée de lui pour voir ce qu'il faisait et il a frotté son front au mien.

Vilain Tom, mignon Tom.

Je ne vous en voudrais pas le moins du monde d'oublier mes vantardises.

fin.

LE CHAT DE SCHRÖDINGER

Lorsque Tsukuda Kaori revint de chez ses parents avec son premier enfant quelques semaines après son accouchement, un grave incident venait de survenir dans son foyer.

Keisuke, son mari, s'était occupé de la maison pendant son absence. Il exerçait la profession de mangaka, et son travail était publié dans un magazine mensuel *shōnen*. Le grand succès d'une de ses œuvres, quelques années plus tôt, l'avait établi dans sa carrière. Il produisait essentiellement des œuvres courtes et des séries de quelques épisodes, et son activité était stable et régulière.

Il se consacrait entièrement à son art (et si cela ne suffisait pas à lui assurer le même succès qu'autrefois, c'était dû à l'intense compétition qui règne dans ce secteur). Même si, au moment de partir chez ses parents, Kaori lui avait ordonné de consacrer une partie de son énergie au ménage, elle ne s'attendait pas à retrouver sa maison dans l'état où elle l'avait laissée.

D'ailleurs, contrairement à sa promesse, il n'était pas venu la chercher à la gare d'Ueno. Il l'avait prévenue juste avant l'arrivée du train à Tokyo, en lui offrant ses plus plates excuses. À sa connaissance, il n'avait pas de travail urgent à rendre, mais ce n'était pas la première fois que sa dévotion au manga prévalait sur tout le reste. Peut-être n'avait-il pas réussi à terminer en une nuit le rangement de leur maison qui avait dû se transformer en tanière de bête sauvage pendant son absence d'un mois. Il faisait tout à la dernière minute, même son travail qui comptait pourtant plus que tout pour lui. Comment imaginer qu'il arrive à maîtriser le ménage ? Même pas en rêve.

Afin d'économiser ses forces et celles du bébé, elle prit un taxi depuis la gare.

Elle avait tout préparé pour accueillir le nouveau-né. La seule mission qu'elle avait confiée à Keisuke était le montage du lit de bébé, en le prévenant qu'il n'aurait pas la vie sauve s'il ne s'en occupait pas.

Ils avaient acheté leur maison au moment de l'heure de gloire de Keisuke, en mettant toutes leurs économies dans leur apport personnel, parce qu'ils savaient que c'était maintenant ou jamais. Arrivée devant la porte, elle appuya sur la sonnette mais personne ne vint ouvrir. Serait-il allé acheter quelque chose à la supérette de proximité ? Elle sortit sa propre clé et entra.

Sa ferme détermination à ne point s'étonner de ce qu'elle trouverait avait en partie disparu. Mais c'était à peu près rangé, même si tout était un peu poussiéreux et que des cartons vides étaient empilés hasardeusement dans le couloir.

Ils avaient contenu l'équipement nécessaire pour bébé qu'elle avait commandé. Lait en poudre, couches, lingettes, bac à litière pour chat… Hein ?

Elle relut ce qui figurait sur un des cartons : “bac à litière pour chat”. Au même moment, la porte s'ouvrit derrière elle.

— Ah… fit la voix embarrassée de son mari.

Elle se retourna. Keisuke tenait un sac à la main… non, une cage de transport pour animal.

D'où montait un miaulement qui avait l'intensité sonore d'une sirène d'ambulance.

— Qu'est-ce que c'est que ça ?

Au même moment, le bébé qu'elle tenait dans ses bras se mit à pleurer tout fort.

Keisuke avait choisi le nom de leur fille : Shiori.

C'était la volonté de Kaori. Le dévouement de son mari pour son art le rendait quelque part peu fiable. Quand elle lui avait appris qu'elle était enceinte, son regard s'était fait vide, et elle n'avait pas compris s'il était heureux.

Il lui avait demandé si l'enfant était de lui, et les hostilités avaient commencé. Elles s'étaient cependant limitées à ce que Kaori le bombarde d'un "je divorce" à la seconde, comme si ces mots sortaient d'une arme automatique, tandis que Keisuke hurlait de manière continue *"Medic !"*.

Tu n'as pas compris, c'est pas ça, avait-il ensuite répété en pleurant, tel un disque rayé. Lassée de sa propre colère, elle lui avait demandé ce que c'était si ce n'était pas ça.

— Ça me semble incroyable.

— OK, on divorce, avait-elle répliqué, à deux doigts de piquer un fou rire hystérique.

— Il y a méprise, avait-il lancé en faisant non de la main.

Il avait dû lui expliquer qu'il n'arrivait pas à croire qu'il allait être père. Mais elle n'en était pas sûre car à ce moment-là, elle était très en colère.

— Je n'arrive pas à croire qu'un nul comme moi va devenir père, lui avait-il expliqué, d'une voix pleine de larmes, qui ressemblait à celle du Keisuke qu'elle connaissait, tellement dévoué à son travail que cela nuisait à son comportement en société. Moi qui frôle l'évasion fiscale rien qu'en dessinant des mangas !

Les revenus de Keisuke avaient rapidement augmenté à l'époque de son grand succès, mais il n'avait pas trouvé le temps de les déclarer. À force de négliger le problème, il avait fini par devoir au fisc un montant considérable.

La première tâche de Kaori, tout juste promue par le magazine assistante de l'auteur vedette, avait été de le résoudre en lui trouvant un comptable. "Payer ses impôts est le devoir de tout citoyen, *do you understand ?*"

Une tentative d'évasion fiscale de la part d'un auteur vedette aurait nui à l'image de la publication. Si la qualité d'un auteur baisse, on lui trouve un remplaçant, mais un scandale de ce genre est quasiment indélébile. Le rédacteur en chef avait ordonné à Kaori de faire en sorte qu'il règle sa dette au fisc.

Par la suite, elle n'avait plus jamais travaillé sur aucun de ses manuscrits. Sa mission d'assistante consistait essentiellement à assurer la liaison avec le comptable, et à tenir sa comptabilité en récupérant dans son atelier les factures d'eau, d'électricité et de gaz, ainsi que celles de ses dépenses en frais généraux.

Le comptable avait ensuite recommandé à Keisuke de changer de statut pour devenir indépendant. Quand elle en avait parlé à l'intéressé, il lui avait dit de faire au mieux en la laissant s'occuper de tout. Elle avait effectué les nombreuses démarches nécessaires, et lorsque le changement était devenu effectif, elle avait été mutée au service comptabilité du magazine. Étant donné qu'elle avait fait ses preuves dans ce domaine avec Tsukuda Keisuke, peut-être était-ce logique.

Lorsqu'elle essaya de lui expliquer comment tenir sa propre comptabilité, il pâlit et se mit à pleurer. Il avait la larme facile, en toutes occasions.

— Mais je n'y comprends rien, moi !

Elle en avait été outrée. Elle non plus n'y comprenait rien autrefois. Au moment où elle se disait que ce n'était plus son affaire en ressentant une envie de le frapper, il lui avait dit qu'il ne s'en sortirait pas sans elle, et qu'il voulait l'épouser. À certains égards, il n'était pas apte à la vie en société.

À aucun moment, il n'avait jugé utile d'ajouter des mots tendres, quelque chose comme "aujourd'hui moins que demain".

Cependant…

Kaori aimait le travail du mangaka Tsukuda Keisuke, qu'elle lisait déjà avant son plus grand succès.

Pendant les quelques années où elle avait été son assistante, elle avait compris qu'il ne maîtrisait pas les codes de la vie en société, et que si elle cessait de s'occuper de ses affaires, il serait tôt ou tard anéanti par des problèmes d'argent. Soit il ne paierait pas ses impôts, soit il serait escroqué par un ami ou une petite amie.

Ça m'embêterait de ne pas pouvoir continuer à le lire à cause de ça, avait-elle pensé avec une certaine appréhension, qui la conduisit à dire que s'il croyait qu'elle lui convenait…

"Je vais réussir à devenir père, moi ?"

Keisuke avait continué à pleurer. Le problème n'est pas de savoir si tu vas réussir à le devenir. Tu n'as pas le choix.

Le résultat de ces atermoiements se résumait ainsi pour elle : "Deviens-le."

Elle avait ajouté qu'elle n'accepterait qu'une réponse positive. Il la lui avait donnée.

Mais Keisuke n'avait pas paru plus sûr de lui pendant la grossesse de Kaori. La semence avait fructifié, mais cela n'avait pas transformé la personne qu'il était.

Lorsqu'il était venu voir sa fille qui venait de naître à la maternité, il avait paru plus affolé qu'ému. Pouvait-on mettre cela sur le compte de la peur qu'inspire une nouvelle vie ?

Il avait au moins fait ce qu'elle lui demandait et choisi un nom pour l'enfant. Elle avait été impressionnée par son choix du même caractère que celui de son propre prénom pour le "ri" de leur fille. Il se conduisait comme un père, non ? Les parents de Keisuke comme les siens l'avaient félicité de leur mieux pour ce choix. Il était évident qu'ils espéraient que ces compliments contribueraient à le faire mûrir.

Ses parents à lui avaient imploré Kaori de se montrer patiente. Elle comptait l'être, mais avait déjà informé la petite Shiori que son papa était un cas difficile.

— Tu peux m'expliquer…

Elle venait de faire boire un biberon à la petite qui s'était endormie dans son fauteuil. Une occasion unique de comprendre la présence de l'animal.

— Oui… Mais je peux d'abord le laisser sortir de la cage ?

C'était un chaton. Tigré, roux. Avec un nez rose comme devaient l'être ses coussinets. Elle s'y connaissait en matière de chats. Ses parents en avaient toujours eu.

— Non, pas encore.

Comme souvent quand elle le coinçait, elle avait fini par être amusée par l'absurdité de la situation. Et elle avait recommencé à l'abreuver de questions, mais cette fois-ci sur un sujet précis. Tu l'as depuis quand ? Il vient d'où ? Comment ? Pourquoi ?

Elle parlait du chaton.

— Euh… Ça doit faire trois semaines.

Ça faisait longtemps, alors ! Elle sentit la colère monter en elle, mais elle se contenta d'un "oh !", car elle avait remarqué que Keisuke s'était fait tout petit et se rendait aussi compte que Shiori ne manquerait pas de s'éveiller si elle parlait fort.

— Tu l'as trouvé où ?

— Sur l'aire à poubelles.

Il y en avait une presque en face de chez eux. Dans quel piège était-il tombé ?

— Tu m'avais dit qu'il fallait absolument que je sorte la poubelle verte.

Trois semaines plus tôt, Keisuke avait trouvé un chaton sur l'aire à poubelles, où il était allé parce qu'elle avait insisté pour qu'il jette la poubelle verte. Hum… Bizarre, bizarre.

— Et quand je suis arrivé là-bas, quelqu'un avait jeté un chat.

Sortir la poubelle, une bonne intention aux conséquences inattendues.

— Il était dans un carton de mandarines Mikkabi.

Que de détails !

— C'est vrai que dans le quartier, tu es toujours le premier à déposer la poubelle.

Le faire était la tâche que Keisuke, qui avait tendance à travailler la nuit pour ne s'arrêter qu'à l'aube, oubliait le moins.

— Oui, c'est pour ça que j'ai tout de suite vu l'étiquette du carton. Je me suis demandé si je m'étais trompé de jour. Les cartons, ça se jette avec les poubelles jaunes.

Il connaissait le jour des poubelles jaunes ? Il commencerait à avoir du sens commun ? Elle retint une larme.

— Et je me suis dit que ça serait mieux de l'aplatir.

Un geste d'adulte, sans aucun doute, mais elle n'aurait su dire si c'était bien ou mal. On n'était jamais à l'abri d'un regard extérieur suspicieux. Peut-être aurait-ce été plus adulte de faire semblant de ne rien voir, pour éviter que quelqu'un ne l'aperçoive et pense qu'il s'était trompé de jour, et de prendre, si on croisait ce quelqu'un, un air entendu en disant : “Pourtant, aujourd'hui, c'est le jour des poubelles vertes !” Dans le quartier, toute personne qui se trompait de jour récupérait ce qu'elle avait déposé le mauvais jour après le passage des éboueurs qui y avaient laissé un message : “Ne peut être ramassé.”

Quoi qu'il en soit, Keisuke, plein de bonnes intentions, avait saisi le carton pour l'aplatir.

— Je me suis d'abord dit qu'il y restait deux mandarines, mais il y avait un chaton au pelage orangé, et ce que j'ai pris pour une mandarine pourrie couverte de moisissure noirâtre.

— Ça s'appelle un pelage écaille de tortue.

Ce chaton-là avait les yeux fermés et son corps était froid. Il était plus petit que l'autre, et probablement pas assez fort pour survivre.

— Donc je les ai ramassés et je les ai emmenés chez le vétérinaire.

Celui-ci avait accepté de garder la dépouille du chaton mort, et lui avait expliqué comment nourrir et apprendre la propreté au tigré roux. L'absence de puces ou de poux indiquait qu'il était probablement né chez les propriétaires de la mère, qui n'avaient pas voulu garder tous les petits.

— Oui, s'il avait été errant, il aurait été couvert de puces.

Il l'avait ramené à la maison dans le même carton.

Le vétérinaire lui avait demandé de revenir une fois que le chaton serait sevré pour faire d'autres examens.

"Sevré" ? Tu connais ce mot ? pensa-t-elle.

— Alors que ma fille est un nourrisson.

Kaori avait été tellement gâtée chez ses parents qu'elle n'était pas sûre de savoir s'occuper de sa fille sans eux. Elle devrait aussi tenir la maison, tout en veillant sur son mari quasi asocial, et un chaton qui n'était pas encore sevré. C'était trop attendre d'elle.

L'animal en question miaulait dans sa cage de transport en grattant le grillage de ses griffes. Il en avait assez d'être enfermé. Elle était troublée.

— M'occuper de deux nourrissons, c'est *game over* pour moi…

— Il n'y a qu'un nourrisson, Spi est sevré…

"Quoi, tu lui as déjà donné un nom ? Donner un nom, c'est commencer à aimer, et après on peut plus arrêter. Pourquoi crois-tu que je t'ai demandé de choisir celui de notre fille ?" Mais elle garda ces réflexions pour elle et dit tout haut :

— Bon, il va falloir qu'on trouve quelqu'un pour l'adopter.

Au besoin, ses parents à elle. Eux qui en avaient autrefois deux n'en avaient plus qu'un, ils avaient donc de la place. Encore fallait-il que les deux chats s'entendent, mais ils pourraient vivre dans deux pièces différentes s'il le fallait.

Keisuke fit un pas en arrière comme pour protéger la cage de transport. Un geste qui en disait long.

— Je serai disqualifié si je l'abandonne !

— Disqualifié ? Comment ça ?

— Maintenant que Shiori est née, répondit-il en regardant sa fille comme s'il comptait sur elle, j'ai l'impression que si j'abandonne ce chaton, je serai disqualifié comme père.

Si tu ne l'avais pas recueilli, le chaton ne serait pas nécessairement mort, pensa-t-elle sans le lui dire. Elle aurait eu l'impression d'ergoter. L'autre chaton du carton de mandarines n'avait pas survécu.

Tsukuda Keisuke était devenu un auteur à succès parce qu'il savait créer en un instant une histoire dans laquelle le chaton serait mort s'il ne l'avait pas trouvé. Penser que s'il ne l'avait pas fait quelqu'un d'autre s'en serait chargé rendait l'histoire impossible. Sa sensibilité était celle du héros qui ne peut pas vivre tranquillement en laissant le carton jusqu'à l'arrivée des éboueurs, et s'en occupe. Quelqu'un qui ignorerait le carton de mandarines et ne trouverait pas le chaton ne deviendrait jamais le personnage principal d'un manga.

— C'est le chaton de Schrödinger, si je comprends bien.

La survie du chat dans la boîte était incertaine jusqu'à ce qu'il soit observé. Kaori aurait sorti les ordures en suivant la règle du quartier et ne l'aurait donc pas observé : le chaton n'existerait pas dans la ligne d'univers de la famille Tsukuda.

Étant donné que le mangaka Tsukuda Keisuke l'avait observé et lui avait même donné un nom, le chaton du carton avait été confirmé sur leur ligne d'univers.

Fais preuve de la même sensibilité pour ta fille, sinon, ce sera la mort pour toi ! pensa Kaori.

— Et tu l'avais emmené où, le chat ?

— Je suis allé le chercher chez le vétérinaire… Parce qu'il m'avait appelé, répondit-il en versant une larme.

L'étendue de sa sensibilité était instable, cela lui arrivait de temps en temps.

— Spi s'est mis à vomir hier matin.

Les chats vomissent beaucoup, recrachant ce qu'ils viennent de manger ou des boules de poils, mais lorsqu'il s'agit d'un chaton, c'est plus inquiétant.

— Je me suis aperçu qu'il avait grignoté une gomme, et qu'il en avait recraché des bouts.

Une visite d'urgence chez le vétérinaire s'imposait.

— La radio et l'échographie n'ont rien montré. Le vétérinaire m'a dit que si je comparais ce qu'il avait recraché à ce qu'il avait mangé, ça correspondrait sans doute à peu près, mais qu'il préférait le garder une nuit en observation. Tout à l'heure, le cabinet m'a appelé pour que je vienne le chercher.

Ses épaules frémirent.

— Je me suis demandé ce que je ferais s'il mourait…

Il se mit à sangloter.

Elle comprit de ce qu'il dit en hoquetant que tout était de sa faute, parce qu'il n'avait pas rangé sa gomme.

Il n'avait jamais eu de chat ni de chien. Et si le chaton qu'il avait recueilli était mort à cause de lui… De nouveau, sa sensibilité de personnage principal avait pris le dessus. Le chaton tigré roux sortit une patte à travers la grille de la cage. Heureusement que tu es de constitution solide, pensa-t-elle.

— Je te demande pardon de ne pas être venu t'accueillir.

— Tu n'y pouvais rien…

Il aurait fallu qu'elle soit Cruella pour ne pas lui pardonner.

— Et tu l'as baptisé "Spi" ?

— Spin.

"Spin" ? Par association d'idées avec quelque chose qui tourne ? Comme une toupie ?

— Oui, à cause de ça, continua-t-il en montrant un livre sur la table basse.

Elle l'avait lu avant son départ. Au lieu de le laisser traîner là un mois, il aurait pu le ranger, non ?

— Le ruban du marque-page est la première chose avec laquelle il a joué quand il a commencé à voir.

Bleu, il dépassait un peu du livre.

— Il n'arrêtait pas. C'était si mignon.

— Eh bien, montre-le-moi donc, ce mignon chaton.

Sitôt que Keisuke ouvrit la porte de la cage, le chat se jeta sur sa main. Il le reconnaissait.

Elle le prit dans les siennes. Cela faisait longtemps qu'elle n'avait pas touché un tel duvet. Elle le retourna.

— C'est une femelle, non ?

— Bravo !

— Spin, ça fait plutôt mâle, non ?

— Oui, mais c'est la petite sœur de Shiori et il lui fallait un nom qui commence par un "s".

Il avait pensé à sa fille en le choisissant. De la part de Keisuke, c'était remarquable.

— Shiori, regarde, ta petite sœur !

Elle l'approcha de la tête de sa fille. Spin flaira attentivement le visage du bébé. Shiori aussi avait du duvet sur la tête.

Son odeur de lait dut plaire à Spin qui se mit à ronronner et à lui lécher les cheveux.

Shiori se réveilla et tourna les yeux vers la petite chatte. Bien qu'elle soit en principe encore incapable de voir, elle donnait l'impression de la regarder. Elle qui en principe ne savait pas encore rire avait l'air de le faire.

Ces deux-là s'entendraient probablement bien.

La maison était plutôt bien rangée, grâce à la mésaventure de Spin. Le vétérinaire avait insisté sur les risques que courait un chaton en avalant quelque chose par mégarde, et Keisuke avait passé la nuit précédente à tout mettre en ordre.

— J'ai ramassé plein de choses dangereuses pour Spin. J'ai compris que j'avais eu de la chance jusque-là. Tu sais que si elle avale un bout de ficelle, il faudra l'opérer ?

Kaori remarqua les Lego et les maquettes à l'intérieur des boîtes en plastique transparent des étagères du séjour. Elle les avait achetées quelques années plus tôt, en lui expliquant des milliers de fois qu'il connaîtrait un sort terrible si elle se blessait en marchant sur un Lego ou une pièce des maquettes. Elle avait exigé des centaines de fois qu'il y range tout sinon elle jetterait ce qui traînait à la poubelle, mais jusqu'à présent, elles n'avaient jamais servi qu'à prendre la poussière.

Un chaton était plus persuasif qu'une épouse menaçante. C'était inévitable en réalité. Comment croire qu'il y avait sur cette terre une femme ou un homme capable de l'emporter sur un chat ?

— Et ce que Spi peut avaler, Shiori le peut aussi. Il fallait donc que je range avant leur retour.

Keisuke a changé, se dit-elle. Elle aurait préféré qu'il parle d'abord de Shiori, mais c'était quand même un changement.

— Il ne me reste qu'à passer l'aspirateur, conclut-il en se relevant.

Il prenait des initiatives en matière de ménage !

— Mieux vaut passer l'essuie-sol, non ? Pour ne pas réveiller Shiori.

Elle s'était rendormie grâce au léchage de Spin.

— Tu as raison. En plus, Spin a peur de l'aspirateur.

D'ailleurs, ce transat pour bébé… se dit Kaori.

— Ce transat pour bébé, c'est moi qui l'ai acheté ?

Quand elle faisait la liste de ce dont elle avait besoin, elle se souvenait d'avoir pensé que ce n'était pas une priorité pour le moment.

— Non, c'est moi. Je me suis dit que Spi pourrait sauter dessus.

Il ajouta que depuis que la petite chatte voyait, elle était plus active et faisait plus de manœuvres tridimensionnelles*.

— Je l'ai reçu il y a deux ou trois jours, et je l'ai monté. Juste à temps pour Shiori.

— Dis donc… tu es presque humain, maintenant, s'entendit-elle dire.

Keisuke eut un sourire embarrassé. Quelqu'un d'autre que lui se serait mis en colère, non ?

— Je ne voudrais pas que Spi ou Shiori se blesse ou meure.

* Il s'agit d'une allusion au manga *L'Attaque des Titans*.

Encore une fois, il avait d'abord mentionné la chatte. OK, n'en faisons pas toute une affaire, ce n'était pas très grave. La sécurité de la petite chatte et celle du bébé se recouvraient. L'envers et l'endroit, yin et yang, et la paix dans la maison.

Lorsque Keisuke se mit à nettoyer le sol, Spin commença à pousser des miaulements stridents. Kaori comprit de quoi il s'agissait.

— Elle mange quoi ?

— De la pâtée. Tu la trouveras dans le tiroir sous le micro-ondes. Donne-lui la moitié d'un étui, après l'avoir réchauffée un peu, répondit Keisuke avant d'ajouter, en écarquillant les yeux : Tu as deviné tout de suite !

— Oui, Shiori a le même ton quand elle a faim.

Était-ce parce que ni l'une ni l'autre ne pouvait parler qu'elles avaient les mêmes intonations ?

Elle se dirigea vers la cuisine, suivie par Spin qui ne paraissait pas très fidèle. Ou bien était-ce parce que la petite chatte avait perçu que Kaori était de la famille ? On dit que les animaux et les bébés reconnaissent à leur attitude les personnes qui appartiennent à leur famille même s'ils ne les ont jamais vues.

La gamelle et le bol à eau de Spin étaient posés sur un plateau dans la cuisine. Kaori comprit que Keisuke était fermement décidé à la garder.

La queue de Spin était dressée et sa partie supérieure tremblait légèrement, ce qui indiquait qu'elle était contente. Cet appendice peut être long, court ou même en crochet, mais une longue queue est plus expressive.

Spin s'attaqua à sa pâtée tiède en poussant de petits couinements. Elle avait sans doute été trop tendue chez le vétérinaire pour oser manger.

Vue de haut, elle était formée de deux boules de poils, avec deux oreilles sur la plus petite des deux. Les chats sont des animaux très bien conçus qui mériteraient un prix de design. Et comment se lasser de regarder un chaton qui ne le reste pas longtemps ?

— Ça ne va pas du tout ! Au secours, un voleur de temps* !

Elle se releva avec détermination.

— Je vais aller plier les cartons de l'entrée !

— Ne t'en fais pas pour ça, l'arrêta Keisuke. Le voyage a dû te fatiguer. Va donc t'allonger un peu. Je t'appellerai si Shiori pleure.

Il s'était vraiment humanisé. Elle en frissonna.

Elle décida d'accepter sa proposition et alla dans leur chambre à coucher où elle découvrit un autre changement. Le grand lit avait été poussé pour faire de la place à celui de leur fille. Une nouvelle configuration, pensée pour le bébé.

Elle lui avait ordonné de monter le lit à barreaux s'il tenait à la vie. Il s'était tiré de cette épreuve avec les honneurs.

Elle reconnut sa propre odeur sur la taie d'oreiller. La housse de couette n'avait sans doute pas été changée depuis son départ. C'était sans importance. Elle avait voulu un lit plutôt que des futons qu'il faut sortir le soir et replier le matin, et ne pouvait pas se vanter de la fréquence à laquelle elle changeait les draps. Si d'aventure quelqu'un parlait de ce sujet, elle s'efforçait toujours de détourner la conversation.

Elle était allongée depuis quelque temps lorsqu'elle entendit un léger bruit de pas. La petite chatte viendrait-elle la rejoindre ? Elle jeta un coup

* C'est une allusion au roman de Michael Ende, *Momo.*

d'œil et vit que l'animal hésitait. Elle l'entendit ensuite repartir tout aussi doucement.

Sa présence dans la maison la touchait plus qu'elle ne le pensait. Cela faisait trop longtemps qu'elle n'avait pas vécu avec un chat.

Ce ne sera pas une mauvaise chose pour le bébé de grandir dans cette ambiance, se dit-elle.

Il fallait couper les ongles de Shiori tous les jours. Fins comme des lames de rasoir, ceux des bébés poussent très vite et peuvent couper la peau des personnes qui s'occupent d'eux. Une mère a vite le décolleté plein d'égratignures. Plus grand encore est le risque qu'un bébé se blesse en bougeant. Shiori n'était pas encore très mobile, mais elle était déjà capable de se toucher la figure.

Couper ces ongles minuscules, à peine la taille d'un cristal de Swarovski, fait peur. Les ciseaux à ongles pour bébé sont petits, mais paraissent encore trop grands.

— J'ai peur ! souffla-t-elle en le faisant.

Keisuke releva le visage du bloc-notes sur lequel il dessinait, notant les idées et les dessins qui lui passaient par la tête. Il y en avait en permanence plusieurs dans le séjour car il oubliait souvent où il les posait. Ces croquis lui servaient dans son travail.

— Tu veux que je le fasse ?

Avait-elle bien entendu ? Dans leur troisième année de mariage, il commençait à prendre des initiatives.

— Volontiers. Dis-moi quand tu en as assez.

S'il en coupait quelques-uns sans perdre sa bonne humeur, elle lui en serait très reconnaissante. Et puis il pourrait dorénavant s'en charger.

Keisuke prit sa fille dans les bras, s'assit en tailleur, et saisit les ciseaux.

— Surtout ne lui coupe pas les doigts, n'essaie pas d'en faire trop !

— Je devrais m'en sortir.

Ce "devrais" fit un peu peur à Kaori, mais il se montra rusé. Il desserrait un doigt après l'autre, le saisissait et coupait. Il arriva vite au quatrième.

— Tu t'en sors super bien. Tu es vraiment fort !

— C'est plus simple que la mise en couleurs.

Un processus qui se fait aujourd'hui sur ordinateur, mais l'auteur Tsukuda Keisuke était connu pour la beauté de ses coloris déjà avant le passage au numérique.

— En fait, tu es plus adroit que moi, non ?

— Pour ce genre de travaux. Et puis c'est plus facile que de couper les griffes de Spi.

La petite chatte dormait sur le dos sur le canapé.

— Les griffes d'un chaton sont dangereuses, non ?

Si les ongles d'un bébé sont des lames de rasoir, les griffes d'un chaton sont des crochets acérés. Très fines, elles s'enfoncent bien. Lorsque le tendon qui maintient la griffe se développe et que la griffe peut être sortie et rentrée, les muscles des pattes deviennent plus forts, et la force avec laquelle le crochet est projeté est impitoyable.

— Après avoir recueilli Spi, je me suis renseigné. Tu sais que les griffes de chat sont recourbées, et que si elles ne sont pas rentrées, le chat peut crever ses propres yeux ?

— Euh… Oui, je peux le concevoir. Et un chat d'intérieur n'a pas l'occasion de se les limer en marchant sur différentes surfaces.

Un chat peut aussi avoir une griffe incarnée.

— La simple idée qu'une griffe pourrait rentrer dans ses tendres coussinets roses me donne envie de pleurer, tu sais !

— D'accord, mais pour l'instant, tu peux te concentrer sur les tendres doigts roses ?

— Et si on coupe trop la griffe d'un chat, elle saigne ! Spi ne se laisse pas faire, elle se tord dans tous les sens, j'ai toujours peur que ça arrive.

— Et si ça arrive aux ongles de Shiori, tu sais que je te tuerai ?

Elle avait sorti un carton jaune, même si les gestes de Keisuke n'étaient pas dangereux.

— Comparée à Spi, Shiori est docile ! C'est super facile.

Encore elle ! Il n'en avait que pour la petite chatte. Mais pendant leur conversation, il avait coupé les ongles des doigts et des orteils de leur fille. À compter de ce jour, cela devint sa mission.

Ce n'était pas le seul aspect positif de son amour pour Spi.

Shiori tétait un biberon toutes les deux ou trois heures, implacablement, jour et nuit. Ses pleurs résonnaient comme une sirène juste au moment où Kaori venait de tomber dans les bras de Morphée.

Comme son lait s'était tari quand elle était chez ses parents, elle rampait hors du lit pour aller préparer un biberon. Keisuke se réveillait aussi.

— Je m'en occupe, tu n'as qu'à dormir.

C'était gentil de dire ça, mais la sirène des pleurs ne le permettait pas. Elle prenait Shiori dans son lit à barreaux et la berçait en entendant un bruit de casserole dans la cuisine.

Ses collègues déjà mères l'avaient avertie que les maris ne se réveillaient jamais. Selon elles, un père ne sert à rien la nuit. Mais jusqu'à présent, Keisuke n'avait jamais manqué de réagir à la sirène des pleurs.

"Oui, parce qu'avec Spi…" De nouveau, c'était grâce à la petite chatte qui était sevrée.

"Spi, c'était toutes les deux heures. Aussi précisément que si elle avait eu un minuteur."

Un chaton affamé miaule avec un bruit aigu d'alarme incendie. Impossible de continuer à dormir. Les pleurs de Shiori étaient de loin plus plaisants à l'oreille.

Et si je ne m'occupais pas de Spi, elle mourait.

Il fallait lui préparer un biberon et avant de le lui donner, stimuler son derrière avec un mouchoir en papier mouillé dans de l'eau tiède. Ensuite, le lui faire boire en la plaçant non pas sur le dos, parce qu'elle aurait pu avaler de travers et s'étouffer, mais dans la position du sphinx. Une fois qu'elle l'avait vidé, il fallait encore le laver et le stériliser à l'eau bouillante. Kaori avait été stupéfaite d'entendre à quel point Keisuke avait bien agi.

Elle qui avait toujours eu des chats chez ses parents ne s'était jamais occupée d'un aussi petit chaton, laissant ce soin à sa mère.

La présence d'une boule de poils impuissante, incapable de communiquer, auprès de qui aucune justification n'était possible, l'avait changé à ce point ?

— Bravo, tu as été formidable !

Quand elle le lui avait dit, il avait eu un sourire gêné.

— J'y suis arrivé parce qu'aujourd'hui, on peut trouver de l'aide, comme celle fournie par le "Professeur G" ou par "Y, puits de science".

Intriguée, Kaori avait consulté l'historique de la tablette qu'ils utilisaient tous les deux. Elle avait compris en regardant le compte de Keisuke que ses échanges avec Y, puits de science n'avaient pas toujours été plaisants.

Question : J'ai recueilli un chaton. Le vétérinaire m'a dit de lui faire faire pipi en lui frottant le derrière avec du coton hydrophile mouillé, mais je n'en ai pas chez moi. Que puis-je faire ?

Réponse 1 : Un mouchoir en papier marche aussi bien.

Réponse 2 : Si vous vivez avec une femme, elle doit avoir du coton à démaquiller. Et toutes les supérettes en vendent.

Réponse 3 : Surtout, mouillez le coton avec de l'eau tiède ! Ça ne marchera pas avec de l'eau froide, et le chaton attrapera un rhume.

Question : C'est de nouveau moi, Pipi-de-chat. Désolé de poser tant de questions. Le chaton refuse le biberon. Je lui mets la tétine dans la bouche et il détourne la tête. Que dois-je faire ?

Réponse 1 : Le lait est-il à la bonne température ? Il faut qu'il soit un peu plus chaud (entre 38 et 40 °C) que votre température corporelle. Testez-la en plaçant le biberon contre votre poignet.

Réponse 2 : Le lait n'est peut-être pas assez chaud. Faites dissoudre la poudre dans de l'eau qui vient de bouillir et portez-le à la bonne température en agitant le biberon.

Question : Comment dois-je faire ? Je ne comprends pas.

Réponse 1 : Utilise un peu ton cerveau.

Réponse 2 : Vous faites bouillir de l'eau, vous attendez qu'elle refroidisse (autour de 70 °C), vous vous en servez pour dissoudre le lait en poudre, et vous faites refroidir le biberon à l'eau froide.

Question : Et si je chauffe l'eau à 40 °C au micro-ondes, ça ne va pas ?

Réponse 1 : Non, faites-la bouillir pour la débarrasser du chlore et du calcaire.

Réponse 2 : Tu veux sa mort, à ce chaton ?

Réponse 3 : Le plus simple, c'est de régler la bouilloire électrique sur 70 °C. Comme ça, l'eau reste à la même température une fois qu'elle a bouilli.

Question : Je ne savais pas qu'on pouvait faire ça. Je vais essayer !

Réponse : Tu ne t'en es jamais servi ou quoi ?

Question : Jusqu'à présent, ma femme s'occupait de tout à la maison. Elle est partie accoucher chez ses parents, je dois m'occuper du chaton tout seul.

Réponse 1 : Je plains ta femme.

Réponse 2 : Tu veux lui imposer le chaton ? Elle risque de demander le divorce.

Question : Vous croyez ?

Réponse 1 : Ta femme, tu la verras chez le juge des affaires familiales.

Réponse 2 : Moi, je pense que t'auras réussi à faire mourir le chaton avant son retour.

Question : Je ne veux pas qu'il meure. Au final, c'est quoi le mieux, faire refroidir le biberon ou le réchauffer ?

Réponse 1 : Trouve la réponse tout seul ! Pourquoi est-ce que nous on saurait la température de ton biberon ?

Réponse 2 : C'est une vanne ?

Réponse 3 : Le mieux est de préparer un nouveau biberon. Allez, au travail au lieu de discuter en ligne !

Réponse 4 : Je suis sûr que le chat n'existe même pas.

Réponse 5 : Si ce n'est pas une plaisanterie, le chaton va mourir. Moi, je vous réponds parce que je pense qu'il existe peut-être.

Le forum se serait un peu enflammé ? Certains participants s'étaient même mis à douter de la réalité du chaton. Pour finir, il y avait eu des recommandations strictes, Pipi-de-chat devait tout avouer à sa femme. La honte pour Keisuke.

Question : Bonjour, c'est Pipi-de-chat, j'ai encore une question, désolé. ("Pipi-de-chat" était devenu son pseudo.) Je vous remercie de tous les conseils que vous m'avez donnés. Mon problème aujourd'hui, c'est que le chaton fait pipi tous les jours mais jusqu'à présent, rien qui ressemble à du caca. Serait-il malade ?

Réponse 1 : Est-ce qu'il boit ses biberons ? Si la réponse est oui, vous n'avez pas de souci à vous faire. Le caca d'un petit chaton est très fin, on ne le remarque pas toujours, et ceci peut expliquer cela.

Réponse 2 : Le lait Golden Kitten est absorbé à presque 100 % et ceci explique cela.

Réponse 3 : Quand tu frottes le derrière du chaton pour le stimuler, tu ne vois pas de traces jaunes sur le coton ? Le caca, c'est ça. Une question : tu as tout raconté à ta femme ?

Question : Des traces jaunes ! C'est ça le caca ! Je n'ai encore rien dit à ma femme…

Réponse : Dépêche-toi de le faire ! Tu feras quoi si elle se fâche et veut que tu te débarrasses du chat ?

Question : Ma femme n'est pas comme ça. Elle ne voudra pas le malheur du chat, j'en suis sûr.

Réponse : T'as qu'à lui en parler, alors !

Question : Oui, mais elle piquera une colère terrible…

Réponse 1 : Tu l'auras bien cherché.

Réponse 2 : Elle voudra peut-être que tu le donnes à quelqu'un.

Question : Ça me ferait de la peine. Me séparer du chaton maintenant… Elle revient avec le bébé la semaine prochaine, je compte lui en parler avant.

Réponse 1 : Tu es du genre à remettre ce qui t'embête au lendemain, non ?

Ces gens-là ne pouvaient pas savoir qu'il avait failli faire une grosse bêtise à force de tout remettre au lendemain.

Réponse 2 : Je suis prêt à parier un million de dollars zimbabwéens que t'en seras pas capable.

Finalement tout s'était bien terminé, et le pari aurait pu être en yens japonais. Après cette mention de dollars zimbabwéens, le fil de discussion comportait encore quelques commentaires. Dont une question "Qu'était-il arrivé à Pipi-de-chat ?", et une supposition : "Le JAF a dû intervenir, non ?"

Kaori entendit les pas de la petite chatte dans l'escalier.

La nuit, Keisuke l'enfermait dans sa cage, mais il avait dû la laisser sortir. Peut-être comptait-il ne pas se recoucher et travailler. Il avait encore du temps jusqu'à sa prochaine date de remise, mais il avait aussi un manga à volume unique à rendre.

Spin mit ses deux pattes avant sur les tibias de Kaori en ronronnant. Les pleurs de Shiori paraissaient l'inquiéter. Pendant la journée, quand elle pouvait s'approcher du bébé, elle le faisait. Comme elle ne donnait pas l'impression de lui vouloir du mal, Kaori laissait de plus en plus sa fille dormir sur un coussin plat posé à même le sol et non dans le transat pour bébé. Spin venait souvent la lécher ou se pelotonner à côté d'elle pour dormir.

Le chaton et le bébé s'entendent bien, vous savez, se dit-elle en pensant avec gratitude à tous ceux qui avaient aidé Keisuke.

— C'est prêt !

Il lui tendit le biberon qui était comme toujours à la bonne température. Prendre soin d'un chaton non sevré l'avait bien préparé à s'occuper de sa fille.

Une fois que Shiori avait le biberon dans la bouche, la sirène se tut. Elle tétait vigoureusement.

— Regarde, Spi ! Kaori est en train de téter ! C'est bien, hein ?

Il prit le chaton dans ses bras et l'approcha du biberon. Reconnaissant l'odeur du lait, la petite chatte le toucha de sa patte.

— Toi tu es capable de manger autre chose, maintenant !

Elle avait déjà assez de dents pour déchirer la tétine. Les chats grandissent vite.

— Tu vas travailler ?

— Oui, puisque je suis réveillé. Autant en profiter.

Il avait toujours été de la nuit. Pendant le congé de maternité de Kaori, il pouvait plus facilement travailler la nuit puisqu'elle était là le jour. C'était pratique.

— J'ai envie de mettre au point une nouvelle série. Mais ce n'est pas facile.

Le sujet était sensible. Depuis son grand succès quelques années plus tôt, aucune de ses séries n'avait duré. Toutes s'étaient terminées rapidement, même si son style était apprécié. Le magazine n'avait pas renoncé à le voir produire une œuvre qui aurait encore plus de succès que la première, mais sur les forums de manga, on disait qu'il n'en était probablement plus capable. Keisuke n'était pas sûr de lui au point de ne pas googler son nom. Peut-être serait-il plus exact de dire que d'attendre d'un créatif qu'il ne le fasse pas était méconnaître la nature humaine.

Comme tout le monde, les artistes ont envie de connaître les opinions des autres à leur sujet. Y avait-il sur terre des gens capables de résister à cette curiosité ?

D'après Keisuke, la position des éditeurs sur cette question avait beaucoup changé ces dernières années. Autrefois, ils affirmaient que les créatifs ne devaient surtout pas en tenir compte, mais cela ne les empêchait pas de le faire et d'être affectés par les commentaires négatifs qu'ils lisaient au point d'en être parfois anéantis. Particulièrement ceux qui avaient peu d'expérience. Les plus aguerris en souffraient moins. L'époque où les éditeurs trouvaient presque positives les lettres négatives des lecteurs était terminée. Si bien qu'après avoir vu plusieurs jeunes créateurs anéantis, les éditeurs avaient appris à les soutenir.

Kaori avait certes mieux réussi au service comptabilité mais elle avait aussi travaillé comme éditrice.

— Moi, j'aime le travail du mangaka Tsukuda Keisuke !

Elle ne lui avait jamais dit que c'était une des raisons pour lesquelles elle l'avait épousé.

— Et si le mangaka Tsukuda Keisuke publie quelque chose, moi, je l'achète, peu importe le genre de manga.

Son grand succès appartenait au genre des batailles surnaturelles, mais Kaori était prête à lire tout ce qui sortirait de sa plume, y compris des histoires du monde du travail ou des comédies romantiques. Il en avait écrit une, courte, qu'elle avait trouvée très réussie. En fait, parler du quotidien lui convient, s'était-elle dit.

— Tu n'as pas besoin de te cantonner à la science-fiction.

— Peut-être, mais je ne peux pas m'empêcher de penser que si mon objectif est une série qui dure, mieux vaut que je me lance dans ce qui est considéré comme ma spécialité.

— Je ne suis pas sûre que ce genre de calculs soit une bonne idée.

Il n'était pas fait pour ça. Lui, il était du style à commencer à creuser là où il en avait envie et à tomber sur une bonne veine.

Kaori finit son biberon au moment où leur discussion prenait une tournure de séance de thérapie.

— Maintenant, tu nous fais un rot !

Pendant qu'elle lui tapotait le dos, Keisuke se leva pour prendre le biberon qu'elle avait mis de côté. Il avait de bonnes habitudes.

— Bon, je vais travailler, dors bien si tu y arrives !

— Merci.

Il quitta la pièce suivi par la petite chatte, qui avait été sa formatrice. Sans doute à cause des trois semaines qu'elle avait passées seules avec lui, elle lui était plus attachée qu'à Kaori.

La formatrice de Kaori avait été une sage-femme. Shiori était le premier petit-enfant de sa propre mère qui ne s'était pas occupée d'un nouveau-né depuis très longtemps. Cela faisait d'elle une formatrice de second rang, en quelque sorte. La sage-femme lui avait inculqué les bases des soins aux nouveau-nés.

Si le bébé pleure pendant que vous mangez, pendant que vous êtes aux toilettes ou pendant que vous vous faites belle, ne vous interrompez pas.

Qu'une jeune maman ait envie d'accourir auprès de son bébé sitôt qu'il pleure est humain, mais elle doit surtout se rappeler que tant qu'un bébé pleure, il est vivant, et accorder la priorité à ce qu'elle est en train de faire dans les trois cas mentionnés.

Un bébé ne pleure pas quand il va vraiment mal. Les vraies crises se produisent en silence.

Une pensée au demeurant terrifiante.

Les pleurs ne sont pas tous les mêmes.

La mère devait les reconnaître pour déterminer s'il s'agissait de pleurs normaux ou d'un appel au secours. Personne ne peut aller aux toilettes, manger ou se faire belle à la place de la mère, et selon la sage-femme, la meilleure chose était d'être attentive aux pleurs pendant qu'elle faisait ce qu'elle avait à faire, afin d'apprendre à les identifier. Kaori avait eu du mal à la croire.

Se faire belle, en particulier, lui paraissait une priorité faible, mais c'était apparemment important quand on s'occupait d'un bébé. “Sans ça, vous serez embarrassée de recevoir une visite inattendue, non ?” La sage-femme lui avait recommandé de toujours être présentable, comme on l'est pour ouvrir au facteur ou à un livreur.

Pour ce qui est des toilettes, à trop se retenir, on risquait d'attraper une cystite, et si on ne prenait pas le temps de manger, de s'évanouir en donnant le sein. Aller chez le médecin avec un bébé dans les bras est une performance de niveau avancé. Le bébé pouvait vous glisser des bras et se blesser gravement si vous aviez un malaise.

Pour protéger la vie du nouveau-né, une mère devait d'abord être en bonne santé.

Selon la sage-femme, les jeunes femmes qui faisaient attention à ce qu'elles mangeaient et buvaient pendant leur grossesse avaient tendance, une fois devenues mères pour la première fois, à se négliger.

Aux oreilles d'une nouvelle mère, tous les pleurs paraissent un appel au secours, mais Kaori avait acquis l'habitude d'accorder la priorité à ces trois choses. Au point qu'elle était capable de boire le café avec sa mère en les ayant comme musique de fond.

Heureusement, elle n'avait encore jamais entendu de pleurs inhabituels, mais elle se sentait capable de les reconnaître. Elle était revenue chez elle avec la certitude que leur fille survivrait même à son époux quasi asocial, et cela s'avérait plus facile que prévu.

Elle le devait à la formatrice Spin.

Shiori était équipée de ce déclencheur qu'ont la plupart des bébés, qui fait qu'ils ouvrent tout grands les yeux et hurlent sitôt qu'on les pose dans leur lit alors qu'ils sont quasiment endormis.

Les êtres humains évoluent. Ils deviennent capables de tenir du bras gauche un bébé pour éviter qu'il ne se réveille, tout en passant la serpillère du droit. À force de le faire, Kaori avait un bras plus musclé que l'autre. Shiori ne tenait pas encore sa tête, il fallait toujours la soutenir alors qu'elle pesait presque cinq kilos. Sa survie paraissait moins incertaine. Sa mère avait moins souvent peur qu'elle ne soit morte quand elle ne faisait pas de bruit.

Il avait fallu moins de temps à Spin pour arriver au même stade. Grâce à ses manœuvres tridimensionnelles, elle était déjà capable de grimper tout en haut des rideaux en voilage, une prouesse qui n'impressionnait pas Kaori, d'autant plus que la petite chatte ne savait pas redescendre et se mettait à miauler une fois arrivée en haut. Un miaulement qui ne signifiait pas “au secours !”, mais “descendez-moi de là !”

— Qu’est-ce qui se passera une fois qu’elle sera plus lourde ? Elle tombera, toutes griffes dehors ?

— Tu veux le savoir ? répondit Kaori d’un ton moqueur. Le rideau se déchirera.

C’est ce qui était arrivé chaque fois que ses parents avaient eu un chaton. Les moustiquaires avaient connu le même sort. On trouve des rideaux bon marché si on n’est pas trop regardant sur le tissu, mais changer une moustiquaire est plus onéreux.

— On ferait peut-être mieux d’installer des stores.

— Les lamelles finiront tordues.

Ses parents avaient tout essayé. Ni les rideaux ni les stores ni les moustiquaires n’ont été conçus en pensant aux propriétaires de chats.

— Tu veux que je prépare le déjeuner ? demanda Keisuke à Kaori qui berçait leur fille depuis presque une heure.

— Non, je vais laisser le déclencheur marcher.

Elle était reconnaissante à Keisuke de sa suggestion, mais il n’avait pas évolué en matière de cuisine et en était resté aux soupes de nouilles instantanées. Même si elle n’était pas un cordon-bleu, elle avait toujours des nouilles de blé *udon* dans son congélateur. Réchauffées au micro-ondes avec un œuf et de la sauce de soja, elles deviennent un plat qu’on peut améliorer en y ajoutant du poireau haché, des algues *nori* et du sésame haché, ou du fromage râpé pour en faire un mets à l’occidentale.

Tout en réfléchissant à l’option du jour, elle lança le déclencheur de Shiori. Sitôt posée sur un coussin plat à même le sol, sa fille ouvrit grands les yeux et se mit à hurler. Son message était clair : *“Et tu Brute ?”*

— Tant qu'elle pleure, elle est vivante.
— Tant qu'elle pleure, elle n'est pas morte.
Ils se le répétaient toujours pour s'encourager mutuellement.

Mais ce jour-là, les pas de Spin s'approchèrent. Ils s'attendaient à ce qu'elle lèche les cheveux du bébé mais ils la virent pousser de la tête le flanc de Shiori. Surprise par cette offensive, leur fille émit un étrange petit cri.

La petite chatte se mit ensuite à rentrer et sortir doucement ses griffes sur le ventre du bébé. Elles étaient tellement mignonnes ensemble que les deux adultes poussèrent un cri ému et sortirent chacun leur téléphone pour photographier et filmer la scène.

Bientôt, ils s'aperçurent que Shiori ne pleurait plus. Son regard se fit d'abord vague, puis ses paupières se fermèrent.

— Incroyable, murmurèrent-ils tous les deux au même moment.

Spin continua à pétrir quelques instants, de plus en plus lentement. Elle finit par arrêter et s'endormit à son tour.

Kaori qui avait joui du spectacle se releva doucement et partit à pas de loup vers la cuisine.

Après avoir cuit au micro-ondes des *udon* avec deux œufs et de la sauce de soja, elle les saupoudra de poireau haché, de fromage, et d'un tour de moulin à poivre : des *udon* à la carbonara.

Un plat qui n'était certes pas digne de figurer au menu d'un restaurant, mais qui convenait parfaitement pour le déjeuner tardif d'un couple ayant à charge un nouveau-né et un chaton.

Ils eurent souvent l'occasion d'observer Spin s'occuper ainsi de Shiori. Leur fille ne manquait jamais de s'endormir. Ils essayèrent de l'imiter du bout des doigts (les bébés seraient-ils équipés d'un bouton "assoupissement" sur le côté du ventre ?), mais la technique ne fonctionnait qu'avec Spin. Était-ce parce qu'ils n'étaient pas capables de reproduire la fermeté et la douceur de la petite chatte ? Ou parce que leur fille percevait leur désir de la voir s'endormir ?

Ses siestes donnaient à sa mère du temps pour faire le ménage. Un jour qu'elle était en train de passer la serpillère à l'étage, elle entendit Keisuke monter bruyamment l'escalier.

Elle eut envie de le lui reprocher – voulait-il réveiller Shiori ?

— Kaori, je ne sais pas quoi faire !

Il était catastrophé, au bord des larmes.

— À propos de quoi ?

— De ça ! répondit-il en lui montrant la tablette qui affichait la page de Y, puits de science.

Stupéfaite, elle découvrit une série de croquis dont elle reconnut immédiatement l'auteur ainsi que le sujet. Ce chat et ce bébé, c'était sans aucun doute Spin et Shiori.

Sans même prendre le temps de lui demander ce qu'il avait fait, elle fit défiler les images.

Pipi-de-chat : Je vous remercie de votre aide. Grâce à vous, notre foyer compte maintenant un bébé et un chat. Ils s'entendent bien tous les deux. Voici quelques croquis qui expriment ma reconnaissance.

Réponse 1 : Du beau travail !

Réponse 2 : Heureux de savoir que tout est bien qui finit bien ! Vous dessinez très bien.

Réponse 3 : J'ai comme l'impression que ce n'est pas le travail d'un amateur…

Réponse 4 : Mais d'un professionnel ? Un illustrateur ? Un mangaka ?

Réponse 5 : Remercier avec des croquis, il faut oser. Ça doit vraiment être un artiste.

Réponse 6 : Un homme marié, qui vient d'avoir un enfant. Et sans doute pas un auteur de manga *shōjo*.

Les commentaires continuaient à essayer de l'identifier. L'heure était grave.

Elle les fit défiler rapidement sans voir le nom de "Tsukuda Keisuke". Le style des croquis était probablement difficilement identifiable. Heureusement que le mangaka Tsukuda Keisuke n'était pas présent sur les réseaux sociaux. S'il avait l'habitude d'y publier, il aurait sans doute été très vite identifié.

— "Voici quelques croquis qui expriment ma reconnaissance." Ça va pas, non ?

Keisuke baissa la tête.

— Je voulais juste les remercier…

— Mets-toi dans la tête que tu ne dessines pas comme n'importe qui !

— Qu'est-ce que je dois faire ? Les effacer ? Heureusement qu'ils n'ont pas encore trouvé mon nom.

Fallait-il les retirer ou non ? L'important était d'éteindre ce début d'incendie. Elle devait penser à la situation comme si cela ne la concernait pas. Comme si elle était une tierce partie.

— Mieux vaut ne pas les effacer.

Elle parvint à cette conclusion en mettant de côté ses propres craintes. S'il les retirait, cela conduirait sans doute les internautes à émettre encore plus de suppositions. Par contre, si les images restaient, le nom de Tsukuda Keisuke serait mentionné avec d'autres.

— Ne reviens jamais sur ce fil. Et tu ne pourras jamais être sur les réseaux en tant que "Tsukuda Keisuke".

— Je n'en avais aucune intention. Ça me fait trop peur.

Comme il avait un mental de tofu et non d'acier, car il était presque asocial, il craignait plus que tout de communiquer avec ses collègues en ligne. Il se connaissait bien et il était conscient de son incapacité à lire les intentions d'autrui. Il avait un compte sur les réseaux avec le pseudo K@Muro, mais ne s'en était jamais servi.

Incapable de lire les questions qu'on lui adressait en ligne, il avait dû vraiment être dans l'embarras pour se lancer sur le fil de Y, puits de science, envoyer fréquemment des messages comme un pêcheur lancerait sa ligne, et publier des images qui pouvaient révéler son identité.

Une fois le ménage terminé, elle redescendit au rez-de-chaussée. Keisuke dormait, pelotonné à côté de sa fille. Sa panique à l'idée d'être identifié l'avait sans doute fatigué.

Elle remit à plus tard le nettoyage du rez-de-chaussée, pour ne pas risquer de les réveiller, et ouvrit un des blocs-notes, pensant que les croquis venaient des pages les plus récentes.

C'est vraiment un papa, maintenant, se dit-elle.

Elle sentit les larmes affluer à ses yeux, sa gorge se serrer.

Les deux pages étaient remplies de croquis de Shiori et de Spin.

Du coin de l'œil, elle vit la boule de poils brune se lever. La petite chatte s'approcha d'elle et s'étira, comme à son habitude. Sa queue frétillait.

— C'est grâce à toi, tu sais !

Ce chaton de Schrödinger, qui avait été observé parce que Keisuke avait sorti la poubelle ce jour-là. Vive le principe d'incertitude !

Elle prit un feutre dans le pot à crayons sur la table et s'en servit pour ajouter "j'aime" à côté du dernier croquis. Le feutre continua, comme mû par une force qui n'était pas la sienne : "beaucoup !"

Elle voulut gommer ce qu'elle venait d'écrire, mais c'était impossible. Tant pis. Il comprendrait qu'elle parlait des dessins.

Elle referma le bloc-notes et le reposa. Quand elle le rouvrit quelques jours plus tard, il y avait de nouveaux dessins. Elle tourna les pages d'une main tremblante jusqu'à celle où elle avait laissé un commentaire et fut émue de voir que Keisuke avait ajouté : "Moi aussi." Bon, elle, elle avait parlé de ses croquis, mais…

Elle prit l'habitude d'y ajouter de temps en temps des notes sur ce que faisaient Shiori et Spin. Un peu comme s'ils tenaient un journal. Parfois apparaissait quelques jours plus tard une illustration de ce qu'elle avait écrit, dans le format d'une case de bande dessinée.

Il arrivait aussi à Keisuke de s'assurer d'avoir bien compris ce qu'elle avait écrit : "Quand tu dis qu'elle avait la queue toute serrée, tu veux dire quoi ?"

Mignon. Mignon. Adorable. Mignon. Charmant. Gracieux. Gracieux. Gracieux.

Des pages remplies d'amour. Un nouveau bloc-notes. Un débordement d'amour dès la première feuille.

ニャー
バシッ

ビクン
命名
栞里
&
スピン
ガーーッ
のびーん

Shiori avait doublé de poids. Ses couches n'étaient plus de la taille 1, nouveau-né, mais 2. Elle tenait la tête. Elle riait. Le jour où sa couche fuit, ses parents eurent envie de pleurer. Elle semblait suivre Spin des yeux. Était-elle déjà capable de voir ? Son regard avait croisé celui de sa mère. Elle voyait !

Les rideaux en voilage s'étaient déchirés en deux. Proprement, de haut en bas. Spin mangeait maintenant des croquettes. Un jour, elle avait couru partout, paniquée par une crotte qui ne voulait pas se détacher de son derrière. C'était à pleurer. Elle dormait, la tête posée entre les jambes de Shiori. La couche comme oreiller ? L'odeur ne la dérangeait pas ?

La bonne humeur ne régnait pas tous les jours. Kaori se sentait quelquefois déprimée, harassée. Parfois elle en avait assez de s'occuper d'un bébé et d'une jeune chatte. Mais en regardant ensuite le bloc-notes, elle pouvait en rire.

Si un jour Shiori le voyait, elle comprendrait qu'elle avait été aimée.

Keisuke avait terminé le manga court. Il travaillait à sa prochaine œuvre. Kaori rassemblait des informations sur les crèches.

Spin fut stérilisée avant d'avoir un an. Elle était rentrée, la mine défaite, comme si le monde entier l'avait trahie. Une expression qui disait : "Vous les humains détestables, je ne vous ferai jamais plus confiance." Mais au bout d'à peine une heure, elle était venue se frotter aux jambes de Kaori en ronronnant. Et elle avait été amplement réconfortée pour la terrible épreuve qu'elle avait subie.

La surveillance de Shiori exigea encore plus d'attention lorsqu'elle commença à marcher à quatre pattes. "Le pire, c'est quand ils commencent à vraiment marcher." Kaori se rappela ces mots d'une collègue déjà mère. Shiori testait toutes les cinq minutes une nouvelle manière de mettre fin à ses jours. Qui aurait pensé qu'une cuillère en plastique pouvait servir à cette fin ?

C'est à cette époque que Keisuke vint la trouver.

— J'ai besoin de ton avis, dit-il d'une voix humble. Mon éditeur m'a demandé si j'accepterais de travailler pour *Sukusuku Eburi*.

Il s'agissait d'un magazine destiné aux jeunes parents, un des plus anciens de ce secteur, publié par le groupe qui employait Kaori.

Pendant une discussion sur ses projets, Keisuke avait été interrogé sur les thèmes qui l'intéressaient en ce moment. Il avait répondu qu'il débordait d'idées en rapport avec les enfants et les chats. Pour lui, c'était une boutade, mais son éditeur en avait pris note et l'avait rapporté au rédacteur en chef. Celui-ci avait ensuite suggéré un projet pour *Sukusuku Eburi*, qui serait selon lui une bande dessinée autobiographique sur un *ikumen*, autrement dit un papa qui s'occupe de son bébé. La formulation avait pris Keisuke de court.

— Je comprends. Ce n'est pas du tout dans tes cordes, n'est-ce pas ?

— Bien sûr que si !

Kaori avait été surprise qu'il soit prêt à se lancer dans un projet aussi ancré dans la réalité…

— Tu n'as qu'à essayer, alors. Il y a des tas de bonnes choses dans tes blocs-notes.

À partir d'un certain moment, leurs pages s'étaient enrichies de bandes divisées en cases, que Kaori lisait avec plaisir, à la manière d'une BD, parce que la patte du mangaka Tsukuda Keisuke s'y sentait.

Elle commençait justement à se dire que cette œuvre méritait d'autres lecteurs.

— Un manga autobiographique au fil du quotidien, ça peut marcher, non ?

Son titre fut vite trouvé : *Le Papa de Schrödinger*.

"Permettez-moi de me présenter. Je m'appelle Tsukuda Keisuke. Normalement, je fais du manga d'action SF." Ainsi débutait le monologue du premier épisode.

Il continuait : selon la loi de Schrödinger, on ne savait pas tant qu'on ne l'avait pas observé si le chat dans la boîte était vivant ou mort, mais la femme de l'auteur ignorait, tant qu'elle ne l'avait pas observé, s'il serait capable d'être père (et elle semblait au demeurant persuadée du contraire).

Le premier épisode dans lequel était abordé sans fard le divorce auquel avait failli mener la révélation de la grossesse, ainsi que le sentiment d'irréalité de la paternité, qui avait subsisté même après la naissance de l'enfant, et s'achevait sur l'adoption d'un chaton qui n'était pas encore sevré, fut classé premier dans l'enquête de satisfaction que le magazine effectuait toujours auprès de ses lecteurs.

Le fil de Y, puits de science, que Keisuke avait remercié avec des croquis, n'avait pas disparu. Il connut un regain d'animation : "Qui aurait imaginé que c'était le mangaka Tsukuda Keisuke !"

Si les premiers épisodes précisaient que l'auteur était un mangaka d'action SF, cette introduction fut bientôt remplacée par une mention indiquant que l'auteur écrivait cette BD autobiographique et aussi du manga d'action SF.

La veine trouvée par Keisuke, qui avait une fois encore commencé à creuser à un endroit qui lui plaisait, lui apporta un succès moins grand que le précédent, mais plus durable. Kaori pensait qu'il avait un bon œil pour le quotidien, une qualité indispensable pour rédiger un manga autobiographique.

La bonne réception du *Papa de Schrödinger* lui apporta aussi des mangas sur les chats. L'auteur et Spin apparurent dans une émission de télévision consacrée aux mangakas et à leurs chats. L'équipe qui vint les filmer aurait aimé inclure l'épouse et la fille de l'auteur, mais ils durent y renoncer devant leur ferme opposition.

Les anciens albums de Keisuke ressortirent en librairie avec un bandeau mentionnant "Par l'auteur de *Le Papa de Schrödinger*", et leurs ventes connurent un nouvel essor.

— Spin a été notre tout mignon chaton porte-bonheur !

Keisuke fit cette déclaration avec des intonations enfantines qu'il n'aurait jamais osé utiliser en public, tout en caressant si fort la petite chatte qu'elle finit par chasser sa main d'un coup de patte.

— Papa est un gros bêta !

À force de s'occuper de Shiori, Kaori avait aussi tendance à parler bébé. Mais Shiori lui décocha un regard glacial.

— Gros bêta, c'est un mot de bébé, maman !

Shiori allait à la crèche. Elle entrerait à l'école maternelle le printemps suivant. Les filles apprennent à parler plus vite que les garçons. Et elles sont sensibles aux mots à la mode.

— Tu mets la honte à moi !

Shiori ne se rendait pas compte que ce qu'elle voulait dire n'était pas tout à fait ça, mais elle se mit en colère quand sa mère le lui fit remarquer. Bon, ça aussi, ça servirait dans le manga de son père. Peut-être s'en irriterait-elle le jour où elle serait capable de le lire.

Kaori se demandait parfois comment les choses se seraient passées si Keisuke n'avait pas recueilli Spin. Cela lui faisait presque peur.

Un carton de mandarines. Le chaton qui avait été observé était le seul survivant. Peut-être était-ce le futur de l'observateur qui était arrivé maintenant.

fin.

TOILETTAGE DE BILAN

Je ne pense pas que mon père aimait vraiment les chats.

Il ne montra guère d'intérêt pour celui qui arriva chez nous lorsque ma mère répondit à une annonce de la rubrique "à donner" du journal local, parce que nous, ses trois enfants, insistions pour en avoir un.

Décrit comme un "chaton mâle âgé de deux mois, pelage brun et blanc", celui que nous apporta le donateur venu en voiture paraissait en avoir au moins six.

Au moment de lui faire ses adieux, l'homme qui avait expliqué que la pêche était son hobby promit de revenir lui apporter un poisson. Nous ne le revîmes jamais.

Il nous avait appris que ce chaton avait tendance à bouder depuis qu'il avait été adopté par une première famille qui ne l'avait pas gardé. Une fois le donateur parti, le chat alla s'installer au soleil devant la porte-fenêtre du séjour, sans nous accorder un seul regard, comme s'il se disait que de toute façon son séjour chez nous serait temporaire.

Il nous laissa le caresser sans nous griffer, mais sans non plus en paraître content. Nous nous attendions tous les trois à un adorable chaton et nous étions déçus. Ma mère avoua qu'elle avait hésité à accepter l'animal.

— Moi aussi, je le trouvais trop grand pour n'avoir que deux mois.

Sa timidité l'empêcha sans doute de dire au donateur qu'elle n'en voulait pas.

C'était un peu injuste pour mon père. Aucun d'entre nous ne trouvait mignon ce chaton qui ne l'était presque plus, mais lui l'exprima crûment. À son retour du travail, ce soir-là, il toisa le chat, écouta les explications de ma mère et lâcha :

— Il est tellement moche que les gens qui l'avaient recueilli n'ont pas voulu le garder.

Nous le pensions tous, sans oser le dire tout haut. À la même époque, mon père avait commenté en voyant à la télévision un chanteur à la mode célèbre pour sa belle voix, qu'avec une tête pareille, on n'aurait jamais imaginé qu'il pouvait chanter comme ça. Il l'entendait comme un éloge de son talent.

— Le bonhomme qui l'a apporté a dû être content de s'en débarrasser, ajouta-t-il, comme s'il trouvait cela drôle.

Peut-être songeait-il à son soulagement en partant de chez nous.

— Si on le lui ramène, il ne trouvera jamais d'autre preneur.

Nous avons compris qu'il nous disait que nous devions le garder. Le chat brun et blanc, à qui nous donnâmes le nom le plus évident, "Tora", "tigre", en raison de son pelage tigré, resta chez nous.

Ma mère et nous trois aurions préféré un adorable chaton, mais pas mon père. Les animaux n'éveillaient aucune émotion en lui.

Les hyènes étaient ceux qu'il préférait. Une opinion pour le moins peu répandue, qu'il expliquait en disant qu'elles avaient l'arrière-train bas*. Aucun autre animal n'en a d'aussi bas et les humains feraient bien d'en prendre exemple, avait-il coutume de dire.

C'est une question d'anatomie, et non de caractère.

Il préférait les hyènes tachetées à leurs consœurs rayées, car elles étaient moins belles et avaient "quelque chose de mélancolique".

Pour la plupart des gens, une hyène, rayée ou tachetée, est une hyène. Mais lui les aimait au point d'aller régulièrement dans le zoo d'un département voisin où les deux sortes étaient présentes. Cela n'avait duré qu'un temps, car en réalité il n'aimait pas vraiment les animaux. Lorsque quelque chose éveillait son attention, il se passionnait temporairement pour cela. Et il était doué pour découvrir des choses qui lui plaisaient.

Il s'était ainsi enflammé pour le grand pont de Seto au moment où il était presque achevé, parce que l'entreprise de bâtiment et travaux publics qui l'employait avait participé à sa construction. Non content de collectionner les cartes postales et affiches le représentant, il avait inscrit toute sa famille, sans nous consulter, à une excursion dont le but était de le traverser à pied avant son ouverture à la circulation automobile. Au matin du jour J, il nous avait tirés du lit à l'aube pour aller prendre l'autocar. C'était un voyage organisé : nous étions contraints d'y rester jusqu'au bout, et une fois sur le pont,

* En japonais, avoir "l'arrière-train (les hanches) bas" signifie "faire preuve de modestie".

nous avions dû fouler son asphalte noir étincelant, dans ce qui n'était pas sans ressembler à une marche forcée.

En de telles occasions, ma mère obéissait en silence, mais nous, ses trois enfants – fille, fille, garçon – réagissions chacun à notre manière. Je suis l'aînée et j'avais boudé du début à la fin, ma sœur résignée affichait l'indifférence, et mon frère qui était encore petit avait fini par pleurer de fatigue. Nous avions dû aller jusqu'au milieu du pont avant de retourner dans l'autobus, un trajet de treize kilomètres, qui avait pris la plus grande partie de la journée et serait probablement considéré aujourd'hui comme une forme de légère maltraitance pour un enfant de l'âge de mon frère.

Quant à la section dont l'employeur de mon père avait été chargé, c'était une rampe longue de deux ou trois cents mètres, qui reliait le pont au réseau routier. Quand j'y repense aujourd'hui, ce n'était pas rien pour une entreprise locale dans un projet de portée nationale, dominé par les plus grandes entreprises de travaux publics du pays.

Nous n'étions pas la seule famille à nous être lancée imprudemment dans cette marche de célébration, le pont était noir de monde. Au retour, les passagers, tous épuisés, avaient ronflé de plus belle. J'avais ouvert une fois les yeux et remarqué que l'écran de vidéo montrait le film *Hachikō**. Quand je m'étais vraiment réveillée, le générique

* Ce film de 1987 raconte l'histoire d'un chien célèbre au Japon pour être venu accueillir son maître tous les jours à la gare de Shibuya à Tokyo, et qui avait continué à le faire même après sa mort. Une statue le représentant se trouve aujourd'hui devant cette grande gare.

défilait. Je n'avais jamais su ce qui était arrivé au maître du chien.

Mais c'est d'un chat, et non d'un chien, dont il est question ici. À l'époque, on trouvait normal d'élever les chiens en dehors de la maison, et de laisser les chats aller et venir à leur guise. Tora ne fut donc pas choyé. Comme nous n'avions pas de cage de transport, c'est enfermé dans un carton attaché au porte-bagage du cyclomoteur de ma mère qu'il fut conduit chez le vétérinaire pour se faire castrer. Soudain prisonnier du carton, pris d'une panique compréhensible, il se mit à s'agiter au point de faire trembler le guidon dans les mains de ma mère, et finit par réussir à entrouvrir le couvercle du carton et à sortir une patte. Si le cabinet du vétérinaire avait été un peu plus loin, il se serait à coup sûr enfui. Nous avions sous-estimé ses capacités.

C'était mon père qui avait décidé qu'un carton suffirait amplement. Le vétérinaire n'était pas loin, inutile de gâcher de l'argent à acheter une caisse de transport. Lorsque ma mère alla chercher le matou castré le lendemain, elle s'arrêta dans une grande surface de bricolage pour en acheter une. Le dialogue qu'elle avait eu, les joues en feu, avec le vétérinaire ("Vous avez vraiment eu de la chance d'arriver à deux jusqu'ici. – Mon mari m'a dit qu'un carton suffirait. – Ah, vraiment ? En général, tous les chats viennent dans une cage de transport"), et l'expression avec laquelle il l'avait regardée, l'avaient marquée.

Elle avait fait des reproches à mon père. Son avarice lui avait fait perdre la face.

— Et s'il s'était échappé, il aurait pu se faire écraser par une voiture et être grièvement blessé, avait-elle ajouté.

— Oui, mais ça n'est pas arrivé. Tout est bien qui finit bien !

Une telle attitude lui vaudrait aujourd'hui d'être lapidé par les amis des animaux. Mais mon père ne détestait pas Tora, loin de là.

— Dire qu'il avait de si jolies roubignoles toutes rondes… disait-il en tapotant les testicules vides du chat.

Il jouait aussi avec sa queue en crochet, qu'il agitait en disant "changement de vitesse, changement de vitesse", comme si c'était un levier. Tora n'avait pas l'air d'aimer ça mais le laissait faire, car s'il n'était pas affectueux, il savait se montrer magnanime.

Un jour, il avait passé plusieurs heures dans un sac en plastique accroché au linteau d'une des portes coulissantes de la maison. Ce n'était pas l'un des enfants qui l'avait mis là, mais mon père.

— Il est entré dans le sac qui avait juste la bonne taille pour lui. Comme il avait l'air de s'y plaire, je l'ai accroché là-haut.

Jusqu'à ce que ma mère le découvre et le décroche, Tora, pelotonné dans le sac suspendu en l'air, n'avait pas poussé un seul miaulement. Impossible de savoir s'il était particulièrement patient ou s'il était content là-haut. Une fois le sac décroché et posé à terre, il en était sorti comme si de rien n'était.

Ce chat peu affectueux mais magnanime avait vécu dix-huit ans. Nous les enfants avions tous quitté la maison où il continuait à vivre en bonne santé malgré son grand âge, avant de s'affaiblir d'un seul coup.

Peut-être à cause d'une faiblesse congénitale de l'arrière-train, ou de sa maladresse, il s'emmêlait les pattes arrière et finissait par trébucher. Devenu vieux, il se traînait, et grimpait l'escalier une marche à la fois, marquant une pause après chacune.

À la fin de sa vie, il n'arrivait plus à franchir le bord du bac à litière et faisait souvent ses besoins ailleurs. Ma mère l'avait remplacé par un tapis de toilette, mais il n'aimait pas s'en servir, peut-être parce que c'était nouveau pour lui, lui préférant les tapis de la maison et les futons. Fatiguée de nettoyer après lui, ma mère lui mettait des couches. À l'époque, on n'en trouvait pas encore pour chats, et elle faisait un trou pour la queue dans celles destinées aux nouveau-nés.

Du jour où elle nous a appelés tous les trois pour nous apprendre que Tora n'en avait probablement plus pour longtemps, ma sœur, qui a pourtant un caractère peu démonstratif, s'est mise à passer quotidiennement chez mes parents. Mon frère et moi habitions loin et ne revenions que pendant les vacances.

— Alors, il vit encore ?

Cette question posée par mon père chaque fois qu'il rentrait du travail mettait en colère ma mère qui lui reprochait son manque de délicatesse, mais c'était sa façon à lui de dire les choses.

J'étais étudiante à Kobe au moment du grand séisme de 1995. Lorsque les secousses se sont apaisées et que j'ai osé quitter le parc où je m'étais réfugiée, pour revenir dans mon logement, j'ai d'abord appelé mes parents. Je n'avais jamais vécu de séisme aussi violent. Persuadée que le Japon allait disparaître, je voulais m'assurer que mes parents y avaient survécu, certaine qu'eux aussi avaient été affectés.

Il devait être un peu après six heures du matin. Ma mère a décroché d'une voix ensommeillée, et m'a demandé ce qui m'arrivait, comme si je la dérangeais.

Elle n'a pas eu l'air de comprendre ma question sur le tremblement de terre. J'ai été immédiatement rassurée : le Japon n'allait pas sombrer. Je lui ai annoncé qu'il y avait eu un grand tremblement de terre, que j'étais saine et sauve, et j'ai raccroché.

Les liaisons téléphoniques avec la région de Kobe ont été ensuite complètement interrompues pendant plusieurs heures.

Mon père était fier de son aînée "si débrouillarde", qui les avait appelés. Après avoir vu à la télévision les images terribles de la destruction, ma mère et lui avaient tenté en vain de me téléphoner de nombreuses fois.

Plus tard, mon père m'a souvent complimentée d'avoir été vraiment "débrouillarde" en les prévenant avant l'interruption des communications, et de leur avoir ainsi évité de se tourmenter à mon sujet.

Ce qualificatif me mettait en rage, mais les seuls compliments qu'il était capable de faire avaient toujours quelque chose de blessant. Un père normal aurait sans doute fait l'éloge du sang-froid de sa fille.

La première fois que nous nous sommes parlé après le rétablissement des liaisons téléphoniques, il a remarqué que ça avait dû être terrible, mais que j'avais eu de la chance de survivre et que ça me ferait quelque chose à raconter. Libre à lui de le penser, mais ce n'était pas la peine de me le dire, à moi qui vivais dans un appartement où l'eau était parfois coupée et où je dormais chaussures aux pieds parce que j'avais peur des répliques nocturnes. Ma sœur pensait que c'était un homme sans cœur.

Tora qui avait besoin de couches s'en est allé à l'aube d'une nuit passée dans les bras de ma mère, une fin qu'elle qualifia de paisible.

Quand il l'apprit, la seule réaction de cet homme sans cœur fut de hocher la tête en disant : “Ah bon.” Peut-être a-t-il ajouté qu'il avait vécu longtemps pour un chat, mais je n'en suis pas sûre.

Impossible d'attendre d'un homme qui aime les hyènes qu'il trouve mignon un chat ou un chien, déclara ma sœur.

La mort de Tora ne changea en aucune façon sa vie.

Ma mère eut par contre beaucoup de mal à faire le deuil de son chat, comme on ne disait pas encore. C'étaient ses enfants qui avaient voulu ce chat, mais elle s'en était occupée et l'avait accompagné jusqu'à la fin.

Sa disparition n'affecta pas mon père, mais il se fit à sa façon du souci pour son épouse affligée. Il venait de prendre sa retraite, et l'emploi à temps partiel, trois jours par semaine, qu'il avait trouvé lui laissait beaucoup de temps libre. Il l'emmenait souvent se promener en voiture car il aimait conduire et trouvait facilement des endroits où aller.

Ce jour-là, ils étaient partis chercher une méduse. J'ai oublié si c'était un bureau de poste du coin ou une entreprise locale qui avait mis sur le marché un aquarium en kit pour élever des méduses. On recevait un aquarium en plastique et une méduse vivante. La notice succincte précisait qu'à condition de changer l'eau de mer tous les jours, la méduse vivrait quelque temps, et qu'il convenait de la remettre à la mer si elle donnait des signes de faiblesse. Le produit était livré avec une recharge d'eau de mer. Quand j'y pense, c'était vraiment n'importe quoi.

Mais ce kit avait attiré l'œil de mon père, sans doute parce que mes parents habitaient près de la mer et qu'il était facile de changer quotidiennement l'eau de l'aquarium. Une fois la recharge utilisée, il allait en puiser chaque matin au port voisin. Ce qui l'intéressait était de voir combien de temps la méduse survivrait, une curiosité aussi malsaine que celle des enfants qui arrachent les pattes des sauterelles.

Une méduse qui va mal ne nage presque plus et prend une couleur bleu foncé. Conscient de l'innocence cruelle des enfants et de leur désir de tester les limites, le concepteur de ce produit recommandait de la relâcher alors dans la mer.

Ma mère lui suggérait souvent de le faire avant que l'animal ne prenne l'aspect d'un morceau de gelée noirâtre et meure dans un coin de l'aquarium – une fin bien triste – mais il n'y prêtait bien sûr aucune attention.

L'intérêt de mon père pour les méduses dura quelque temps. Sachant qu'il pouvait facilement en pêcher sur la digue, sans dépenser un sou, il les choisissait toujours en pleine forme.

Il finit par acquérir une certaine expérience. Il ne faut pas qu'elles soient trop grosses, sinon elles crèvent vite d'asphyxie dans le petit aquarium, expliquait-il.

Encore un produit criminel, soupirait ma mère. En ajoutant qu'il lui rappelait les vers à soie. Quand nous étions à l'école élémentaire, elle avait acheté ce que l'étiquette qualifiait de "Set d'observation de vers à soie – permet la fabrication d'un éventail".

On les élevait en les nourrissant des feuilles de mûrier fournies, jusqu'à ce qu'ils crachent leur fil le long de l'ossature d'éventail incluse. Mais le concepteur du produit ne s'était guère creusé la cervelle en le mettant au point.

Les vers à soie relâchés en haut de l'ossature qui voulaient fabriquer leur cocon n'y arrivaient pas car l'ossature était plate. Ils continuaient sans relâche à cracher leur fil en faisant toutes sortes de tentatives et finissaient par faire leur cocon sur celle-ci.

Bien qu'il n'y ait jamais touché, mon père trouvait cela cruel. C'était ma mère qui coupait les fils pour placer le ver dans un dispositif en paille adapté, où ils pouvaient former leur cocon.

La différence entre les vers à soie et les méduses était qu'elle n'avait pas montré aux secondes la miséricorde qu'elle avait accordée aux premiers. D'où sa présence ce jour-là dans la voiture aux côtés de mon père qui allait en pêcher une.

Ils roulaient à travers champs quand ils remarquèrent que toutes les voitures qui les précédaient ralentissaient.

Ma mère fut la première à comprendre pourquoi.

— Il y a un chat ! s'écria-t-elle.

Gros comme un poing, il rampait dans le fourré au bord de la route, et toutes les voitures faisaient un écart pour l'éviter.

Au lieu de les imiter, mon père gara la sienne un peu plus loin. Il en descendit, ma mère en fit autant.

Ils entendirent immédiatement des miaulements. Malgré la petite taille du chaton au pelage écaille de tortue beige clair, sa voix était perçante comme une alarme incendie.

Ma mère le remit dans les fourrés pour lui éviter d'être écrasé, mais le chaton en ressortit immédiatement. Elle fit plusieurs tentatives, sans plus de succès.

— On pourrait le ramener chez nous, non ? Si on le laisse ici, il va mourir !

Ma mère n'en crut pas ses oreilles. Le but de leur promenade était de trouver une nouvelle méduse à tuer. Miséricorde pour les vers à soie, miséricorde pour les chatons, cruauté pour les méduses. Où était la logique là-dedans ?

Lorsqu'elle avait accompagné Tora dans sa fin de vie, elle s'était dit qu'elle ne voulait plus avoir de chat. Elle ne se sentait pas la force de revivre une telle séparation.

Mais lorsque la possibilité de ramener à la maison ce chaton qui se cramponnait à elle de toutes ses forces se présenta, elle ne put la rejeter.

— On a gardé le bac à litière et le reste, non ? demanda mon père.

Elle n'avait pas pu s'en débarrasser, pas plus que des autres objets de Tora, car il lui semblait que ce serait le faire disparaître une nouvelle fois.

Au lieu d'une autre méduse destinée à la mort, ils rapportèrent un chaton.

Les puces qu'il avait sur la base de ses moustaches étaient si nombreuses qu'on les voyait à l'œil nu. Elle l'emmena chez le vétérinaire pour qu'il l'en débarrasse. Ce petit mâle dont les yeux venaient de s'ouvrir se débattit comme un vrai lion pendant l'examen médical.

Ma sœur qui n'habitait pas loin vint presque immédiatement le voir, avec son fils qui commençait à marcher.

— Il faut lui donner un nom ! Pourquoi pas "Ten" ? C'est mignon, non ?

Selon ma mère, c'était le nom qu'elle aurait voulu donner à son fils. Elle avait dû y renoncer car ce prénom n'était pas en harmonie avec son nom marital.

Faute d'autres propositions, le chaton devint Ten.

Au début, ma mère le nourrit au biberon, mais il ne tarda pas à déchiqueter la tétine des dents. La première fois qu'elle lui donna de la pâtée pour chatons, il se jeta dessus et la dévora comme s'il ne comprenait pas pourquoi il n'y avait pas eu droit avant.

J'habitais loin mais je n'ai pas hésité à laisser seul mon mari pour faire connaissance avec Ten. D'ordinaire, je ne revenais qu'une fois par an car j'étais trop prise par mon travail.

— Toi qui ne trouves jamais le temps de rentrer !

— Un chaton grandit si vite ! Je ne voulais pas rater ça.

Ma mère, ma sœur, mon frère et moi ne nous expliquions pas le changement subit de mon père même si nous avions chacun notre idée.

— Tu crois que c'est parce qu'en réalité il aimait Tora ?

— Ça m'étonnerait. Rappelle-toi que tout ce qu'il a dit en apprenant sa mort, c'était : "Ah bon."

— Et qu'il massacre méduse après méduse…

Ma mère souhaitait plus que tout qu'il cesse. Le chat régla accidentellement le problème. Un jour où l'aquarium était vide, dans l'attente de la prochaine victime, il s'y installa et s'y trouva à son aise. Du point de vue d'un chat, un aquarium n'est qu'une boîte transparente.

— Tu as remarqué comme Ten a l'air de s'y plaire ? demanda ma mère à mon père.

Il prit l'habitude de s'y reposer de temps en temps, et mon père cessa de traiter les méduses avec la même cruauté que celle de l'intendant Sanshō* pour ses

* Personnage d'une nouvelle de l'écrivain Mori Ōgai, que Kenji Mizoguchi a adaptée au cinéma, connu pour sa cruauté envers ses esclaves.

esclaves. Lorsque le chat n'y entra plus, ma mère rangea l'aquarium sans que cela suscite de protestation de la part de mon père.

Mon frère résolut pour nous l'énigme du changement survenu chez mon père.

Il l'avait entendu murmurer un jour : "Maman est tellement déprimée que je me demande si ça serait pas mieux qu'on ait un nouveau chat." Ce chaton qui avait rampé devant sa voiture avait dû lui paraître providentiel car il ne savait où s'en procurer un.

Ten lui était inexplicablement attaché et venait se frotter à ses chevilles sitôt qu'il se levait. C'était étrange, car mon père ne faisait rien pour lui et lui donnait de discrets coups de pied s'il le trouvait sur son chemin.

Mais cet attachement toucha cet homme sans cœur, dont les hyènes, de préférence tachetées, étaient les animaux favoris. Il prit l'habitude de lui acheter des jouets pour chats.

Le plaisir que montrait Ten à s'amuser avec ces objets fit que mon père lui en rapportait un nouveau chaque fois qu'il sortait. Parfois, le chaton ne s'y intéressait pas, et mon père aimait essayer de comprendre pourquoi. Pendant un temps, sa nouvelle passion fut la recherche du jouet parfait. Tous les trois jours, il en rapportait un sac plein, au grand dam de ma mère.

Lui qui aimait tant conduire finit par vendre sa voiture.

— J'ai vieilli. Je me suis rendu compte que je laisse de plus en plus d'espace avec la voiture devant moi, avait-il lâché un jour.

Lui qui autrefois roulait toujours sur la file de droite* à la limite de l'excès de vitesse, cessa quasiment de quitter celle de gauche. Sa voiture se couvrit de bosses parce qu'il rentrait souvent dans des obstacles, mais le jour où il rabota sérieusement le mur d'une maison, mon frère lui dit que s'il écrasait quelqu'un, ce serait irréparable, et il le contraignit à se débarrasser de sa voiture.

Ne plus en avoir le fit vieillir d'un seul coup. Se déplacer en bus ou en train n'était pas dans son caractère. Passant ses journées chez lui en pyjama, il perdit très vite son tonus musculaire. La courbure des hanches qu'il développa encore septuagénaire le faisait ressembler à un vieillard comme on en voit dans les illustrations des contes et légendes du Japon.

Le jour où ma sœur cadette à la langue bien pendue parla de sa silhouette en épingle à cheveux, ma mère faillit s'étrangler de rire. C'était exagéré, mais il penchait tellement en avant quand il marchait qu'on pouvait craindre qu'il culbute.

Nous lui répétions qu'il ferait mieux de prendre un peu d'exercice. Il n'y prêtait aucune attention. Mon frère, avec qui il avait eu des mots au moment de renoncer à la voiture, estimait que nous devions le laisser en faire à sa tête maintenant qu'il ne risquait plus de tuer quelqu'un.

Comme ma mère nous serinait son désir de l'emmener voir les méduses de l'aquarium de Yamagata avant qu'il ne devienne grabataire, mon mari et moi les avons accompagnés là-bas.

Il n'y avait pas de vol entre leur ville et Yamagata, et nous avions décidé que mes parents passeraient

* On conduit à gauche au Japon.

une nuit chez nous et que nous repartirions ensemble le lendemain matin.

J'étais allée les chercher à l'aéroport et quand je les ai vus arriver, une bonne dizaine de minutes après les autres passagers, j'ai eu du mal à les reconnaître.

— On aurait dit une personne dépendante et son auxiliaire de vie. Ça ne va pas être une partie de plaisir, ai-je dit à mon mari ce soir-là.

Une partie de plaisir pour nous qui allions les accompagner, pensai-je. Heureusement, grâce à sa gentillesse, nous avons survécu au voyage.

Mais la passion de mon père pour les méduses appartenait au passé, et l'aquarium n'a pas semblé lui plaire. Cela ne l'intéressait tout simplement pas. J'ai reconnu son caractère.

Pour en revenir à Ten, c'était devenu un gros matou. Le germe de sauvagerie qu'il avait montré tout petit au vétérinaire avait grandi avec lui. Le faire entrer dans une cage de transport était impossible. S'il devait tomber malade, la seule chose que je pourrais faire, c'est le soigner ici, disait ma mère.

Elle m'avait raconté que le vétérinaire et son équipe n'avaient pas dissimulé leur déplaisir en les voyant arriver au cabinet quelques années plus tôt. Ils savaient que leur sang allait couler.

Nous trouvions rétrospectivement des vertus à Tora qui avait bon caractère.

Pourquoi Ten qui avait été élevé avec amour était-il devenu si féroce ? Lors de mes rares visites chez mes parents, il essayait de me griffer sitôt que je passais à sa portée. Un jour où je m'étais assoupie sur le canapé, il a tenté de me tuer en me sautant à la gorge.

Ma mère qui avait assisté à l'incident a sorti une boîte de nourriture haut de gamme pour chats en me suggérant de la lui donner, mais il n'y accorda même pas un regard. Je compris à son expression qu'il n'accepterait jamais de manger quoi que ce soit qui vienne de moi.

— Les animaux ont du discernement, remarqua gaiement mon père, à qui Ten était toujours aussi attaché.

Lorsqu'il n'arriva plus à monter l'escalier, il s'installa dans la pièce de l'autel bouddhique au rez-de-chaussée, où il passait ses journées dans la position d'une psyché, sauf quand il se levait pour manger ou aller aux toilettes. Où que Ten se trouve, il surgissait aussitôt et marchait à côté de lui. Son amour pour mon père qui continuait à lui donner de petits coups de pied était inchangé.

— Ce chat n'a aucun discernement vis-à-vis des êtres humains, disais-je pour me venger.

— Il n'a que son apparence pour lui, répondait ma mère.

Ce très mignon chaton était devenu un chat magnifique.

— Il n'a peut-être pas oublié que c'est ton père qui a voulu qu'on le prenne à la maison. Il est fidèle.

Il était aussi fidèle dans sa méfiance.

Comme il continuait à me rejeter, j'ai pris un chat. Il ne ressemblait pas du tout à Ten, ce qui ne l'empêchait pas d'être digne d'amour.

— Regarde papa, mon chat aussi est mignon, dis-je à mon père en lui tendant mon téléphone pour le lui montrer en vidéo, un jour où j'étais chez eux.

— Il n'existe pas dans ce monde de chats qui ne soient pas mignons, m'a-t-il répondu.

Nous n'en avons pas cru nos oreilles. Là encore, nos avis divergeaient sur le sens de cette déclaration.

Mon père n'était pas homme à parler comme un ami des chats, quelles que soient les circonstances. D'ailleurs, il continuait à donner de discrets coups de pied à Ten quand il le gênait.

L'un traînait les pieds, l'autre marchait doucement. Nous croyions que cela durerait toujours.

On avait prédit à mon père qui était un gros buveur de saké (c'était la norme dans la région) et un fumeur invétéré qu'il mourrait d'une cirrhose ou d'un cancer des poumons. Il eut les deux.

Nous trouvions qu'il buvait un peu moins et toussait un peu plus, mais il ne paraissait pas malade, et continuait à marcher en traînant les pieds. Cela nous paraissait la manifestation inévitable de son vieillissement.

La faiblesse de ses membres inférieurs nous causait plus d'inquiétude. Quand il n'arriva plus à quitter son lit, il entra à l'hôpital.

Grâce à la rééducation et aux encouragements de belles infirmières, il réussit d'abord à se relever, puis à recommencer à marcher en traînant les pieds. L'institution où il était soigné parla de miracle.

Les belles infirmières lui recommandèrent de faire un bilan de santé, qui révéla sa cirrhose et son cancer, tous les deux si avancés qu'il n'y avait plus rien à faire. Qu'il vive encore était extraordinaire, nous dit son médecin.

Si la médecine ne pouvait plus rien pour lui, cela aurait été cruel de le faire hospitaliser. Les contraintes de la vie en institution risquaient même de raccourcir la vie de cet homme qui n'en faisait qu'à sa tête et chérissait sa liberté.

Il fut décidé qu'on ne l'informerait pas du diagnostic et qu'il passerait le restant de ses jours chez lui.

Notre sentiment était que ce qui devait arriver était arrivé à cet homme qui avait passé sa vie à boire comme un trou et à fumer comme un pompier.

Ma mère s'occupa de lui aussi attentivement que lorsqu'elle avait soigné Tora. Peut-être est-ce pour cela que son état de santé se stabilisa. Mon frère célibataire qui revint vivre avec mes parents lui fournit une aide précieuse.

Mon père dormait et se réveillait, dormait, dormait, et se réveillait. Au fil des jours, il perdit un peu la tête. Commença alors la période des : "C'est pas encore l'heure du repas ? – Mais tu as déjà mangé, papa !" Peut-être avait-il perdu le sentiment de satiété, car il se plaignait sans cesse d'avoir faim.

Lorsque ma mère entendait du bruit dans la cuisine, elle le trouvait en train de fouiller dans les tiroirs. Il retournait dans son lit, heureux d'avoir trouvé quelque chose. Le problème est qu'il s'agissait parfois de friandises pour chats.

Ma mère les lui reprenait en lui expliquant que c'était pour Ten. Souvent, elle lui servait une tasse de thé vert accompagnée de douceurs en pleine nuit. Souvent aussi, elle donnait à Ten les friandises du paquet ouvert par erreur.

Jusqu'à la veille du jour où il perdit conscience, il put aller aux toilettes soutenu par ma mère. Si d'aventure Ten passait trop près de lui, il avait droit à son petit coup de pied.

Nous nous disions qu'à ce rythme-là, il finirait centenaire, mais tout s'acheva lorsqu'il commença à souffrir. Sa tolérance à la douleur était si faible qu'il n'allait jamais chez le dentiste et avait eu un dentier complet avant d'atteindre soixante ans.

Il tomba dans le coma à force de prendre des antalgiques et mourut sans reprendre conscience. Mon mari et moi arrivâmes trop tard.

Il n'avait vraiment aucune patience.

Son corps passa deux jours à la maison dans l'attente d'un créneau au crématorium. On aurait dit qu'il dormait. La seule différence avec le quotidien était la climatisation poussée à fond et les pains de glace carbonique disposés autour de lui.

Comme il détestait tout cérémonial, nous l'enterrâmes dans l'intimité. Il quitta la pièce de l'autel bouddhique où il s'était réfugié pour y revenir sous forme de cendres.

Son lit médicalisé fut débarrassé pendant que nous étions au crématorium. Un autel temporaire où mettre l'urne et sa photo le remplaça.

Lorsque Ten que nous avions laissé à la maison entra dans la pièce, il regarda longtemps l'autel temporaire comme s'il comprenait, avant de repartir.

C'était il y a un an.

Mon frère revenu chez mes parents pour aider ma mère jusqu'au bout n'en est pas reparti, et ils ont commencé une nouvelle vie à trois, eux deux et Ten.

Sans doute grâce à sa présence, ma mère n'a pas sombré dans le chagrin.

Mon frère est taciturne, mais elle parle avec ses filles. Elle m'appelle souvent, car j'habite loin. Elle a très envie de venir voir les Manuls du zoo de Kobe, une race de chats qu'elle a découverte dans un documentaire animalier il y a quelques années de cela, à laquelle elle a commencé à s'intéresser avant que les Manuls deviennent célèbres au Japon.

La moitié de la table de la salle à manger lui sert maintenant à découper des articles dans le journal, et si elle n'avait pas eu à s'occuper de mon père, elle serait sans doute souvent venue chez mon mari et moi.

— Et comment va le terrible chat ?

Je n'appelle jamais Ten autrement depuis qu'il a essayé de me tuer.

— Tu sais, il a des côtés très mignons.

Elle prend toujours son parti, et s'en vante comme si c'était un chat normal. Elle avait du nouveau à me raconter sur lui. Comme il fait froid en ce moment, la cloison coulissante entre la pièce à vivre et celle de l'autel bouddhique était fermée, pour conserver la chaleur du chauffage. Du vivant de mon père, elle était ouverte en permanence.

— Ten gratte toujours à la cloison.

Elle lui avait ouvert et il avait marché jusqu'à l'endroit où se trouvait autrefois le lit de mon père. Il était resté assis là quelques minutes. Son amour pour mon père était inchangé.

— Il était vraiment attaché à papa. C'est peut-être lui qui le regrette le plus.

Nous, les humains, n'avons pas été surpris par sa mort. Après l'avoir pleuré à son enterrement, nous étions passés à la suite.

— Ce chat manque vraiment de discernement. Papa ne l'a jamais nourri !

— C'est sûr qu'il ne s'en est jamais occupé. Mais Ten lui était très attaché.

Mon père vivait selon ses propres règles et faisait souvent d'étranges déclarations. Il était tellement libre qu'il se conduisait fréquemment d'une manière excentrique. Mais si quelqu'un le lui reprochait, cela ne lui faisait ni chaud ni froid.

Lorsque je parlais de lui à mes amies, elles me disaient toutes que ce devait être un homme intéressant, mais elles n'auraient surtout pas voulu d'un père pareil.

Qu'un chat se soit à ce point attaché à lui faisait un peu pencher la balance en sa faveur lorsque je me posais la question de savoir s'il avait été un bon père.

Lui qui n'aimait pas vraiment les chats n'en avait pas moins dit vers la fin de sa vie qu'il n'en existait pas qui ne soient pas mignons, une étrange déclaration qui avait surpris sa famille.

Sans miséricorde pour les méduses, miséricordieux pour les chats. La balance était-elle positive ou négative ?

Disons que c'était un original, qu'il avait des côtés pénibles, mais que c'était un bon père pour le chat qui l'aimait.

fin.

AU REVOIR LES CHATS !

Quelques grains de riz flottaient dans la petite soucoupe à moitié remplie de sauce de soja qui était encore sur la table. Sans doute un reste du petit-déjeuner. La quantité suffisait.

La nappe était à fleurs. Petites, avec assez de blanc entre elles.

Sakuraba Kōta trempa une patte dans la soucoupe avant de la presser soigneusement sur un blanc entre les fleurs.

Au bout de quelques instants, il la releva. Une jolie fleur de prunier couleur sauce de soja apparaissait maintenant sur le fond bleu clair.

C'était très réussi.

Après avoir admiré son travail, il mit de nouveau la patte dans la soucoupe.

Une deuxième, puis une troisième fleur de prunier brunes devinrent visibles.

Aujourd'hui, ça marchait très bien.

Il allait en faire une quatrième et une cinquième lorsqu'il entendit une voix.

— Hiromi, je t'ai déjà dit de ne pas faire ça ! fit une voix irritée.

Zut, elle les a vues, pensa le chat qui rabattit les oreilles vers l'arrière.

— Qu'est-ce que j'ai fait, moi ? demanda le fils cadet des Sakuraba, en jetant un regard soupçonneux sur le séjour depuis le couloir.

Le chat Kōta était le dernier des trois enfants Sakuraba, mais il se voyait comme le deuxième, et considérait Hiromi comme le petit dernier des humains de la famille.

Surprise, sa mère se tourna vers lui et éclata de rire.

— Désolée, je me suis encore trompée ! Kōta a de nouveau décidé de faire l'artiste.

Chaque fois que le chat laissait une empreinte de sa patte, les Sakuraba disaient qu'ils faisaient l'artiste. Kōta ne se l'expliquait pas, car il ne cherchait pas à dessiner quoi que ce soit.

— Tu as recommencé ! lâcha Hiromi en lui donnant une légère pichenette au front.

— Ça serait bien que tu arrêtes, quand même ! Toutes mes nappes ont une trace de tes pattes, dit sa mère en soulevant Kōta pour essuyer le dessous de sa patte avec un chiffon.

Après ce désagréable contact avec un tissu froid et humide, le chat se mit à lécher son coussinet.

— Et moi, je trouve que ça serait bien que tu arrêtes d'appeler le chat Hiromi. C'est pénible, à la fin.

— Je me trompe toujours. Alors que je ne l'appelle jamais Masahiro.

C'était vrai. Elle ne confondait jamais son nom avec celui de son fils aîné.

— Apparemment, c'est le destin du dernier de se faire appeler par le nom du chien ou du chat.

— Vraiment ?

— D'après mon enquête. J'en ai parlé avec des copains quand j'étais au lycée. Ceux dont les parents se trompaient sur le nom étaient tous des petits derniers.

— Tu crois ? s'interrogea sa mère en frottant les traces laissées par le chat sur la nappe. Ce ne serait pas plutôt parce que Masahiro n'habite plus ici depuis qu'il s'est marié ? Donc je ne peux confondre le nom du chat qu'avec le tien…

— Comment ça ? répliqua Hiromi d'un ton vif malgré son sourire. Tu l'as toujours fait, même quand j'étais petit.

Elle sourit pour cacher son embarras.

— Bon, je n'ai plus qu'à la laver, ajouta-t-elle en cessant de frotter la nappe. Je me demande pourquoi Kōta s'amuse à faire cette bêtise.

Le chat fronça le museau en l'entendant. Ce n'est pas une bêtise, je m'entraîne, pensait-il.

Il devait être prêt pour le moment où il aurait à apposer son empreinte.

*

Mon plus vieux souvenir est d'avoir eu très froid. C'était il y a vingt ans, à l'époque de la saison des pluies. Ma mère m'avait abandonné sans que je sache pourquoi.

Tout juste capable d'entrouvrir les yeux, frappé par la pluie battante, je rampais à la recherche de sa chaleur.

Le père de la famille Sakuraba m'avait trouvé alors que je paraissais promis à une mort certaine.

Les Sakuraba avaient déjà une chatte persane, atteinte d'iritis congénitale. L'animalerie où elle était née allait l'euthanasier lorsque le père l'avait recueillie. L'idée de la laisser mourir lui était insupportable.

S'il croisait un animal en perdition, il se sentait le devoir de le sauver.

Donc toi aussi, tu as eu de la chance, m'avait dit Diana, la persane, qui me laissait la téter, parce que je n'étais encore qu'un chaton et que ma mère me manquait beaucoup. Papa Sakuraba me nourrissait maladroitement au biberon, mais j'assouvissais mon besoin de succion en me collant au corps chaud de Diana.

— Moi aussi, je veux lui donner le biberon ! réclamait Masahiro, l'aîné des enfants.

Diana m'avait appris qu'il allait avoir un petit frère. Sa mère était à la maternité au moment de mon arrivée dans la famille.

— Non, tu ne peux pas, c'est trop difficile pour toi.

La seule fois où le petit garçon avait eu le droit de le faire, il m'avait enfoncé le biberon si profondément dans la gueule que j'avais failli vomir.

Pendant que le père travaillait, une amie de sa femme venait me nourrir.

Au bout de quelque temps, la fréquence des biberons était passée de toutes les trois heures à toutes les cinq, et mes yeux s'étaient ouverts complètement.

Cela avait coïncidé avec le retour de la mère et du bébé.

— Oh là là ! On dirait un singe ! Quelle drôle de tête il a !

Cette remarque valut à Masahiro, qui venait de rentrer de l'école maternelle, une petite tape de la part de sa mère, mais Diana était d'accord avec lui. Elle avait ajouté en riant que Masahiro nouveau-né avait la même ressemblance.

Maman Sakuraba était très heureuse qu'il y ait un nouveau chaton chez eux. Elle vint me regarder une fois le bébé endormi.

— Qu'il est beau ! Un vrai mackerel tabby !

C'est ainsi que j'appris le nom de mon pelage.

— Tu lui as déjà donné un nom ?

— Non, pas encore, répondit son mari, un peu gêné.

— Mais ça fait deux semaines que tu l'as trouvé, non ?

— Je n'étais pas sûr qu'on le garderait, et j'avais peur de m'attacher à lui si je lui en donnais un.

Il attendait le retour de sa femme pour prendre une décision.

— Gardons-le ! s'écria-t-elle immédiatement. D'ailleurs, Diana et lui s'entendent déjà. Elle est si gentille !

La chatte persane se redressa fièrement en l'entendant.

— Mais comment allons-nous l'appeler ?

— On va commencer par choisir le nom du bébé.

Les êtres humains ont apparemment deux semaines pour aller déclarer à la mairie le nom d'un enfant, et les parents ne s'étaient pas encore entendus à ce sujet. La seule chose sur laquelle ils étaient d'accord était que ce nom devait comporter le caractère "Hiro" du nom de leur aîné, qui peut aussi se lire "Kō", et ils en avaient trouvé plusieurs en l'associant à un autre caractère.

Hiromi était celui qui avait la faveur du père, et Kōta celle de la mère. Ni l'un ni l'autre ne voulant céder, ils avaient décidé de faire une partie de pierre-feuille-ciseaux. Le gagnant prévaudrait. Ce fut le père.

Sa femme était très déçue.

— Hiromi… C'est un beau nom, mais ça fait plutôt fille, non ? Alors que Kōta…

— Arrête de te plaindre ! On a joué, j'ai gagné. Si tu aimes tant que ça le prénom Kōta, donnons-le au chaton !

Voilà pourquoi je m'appelle Kōta.

Le chat était déjà capable de courir dans toute la maison, alors que le petit Hiromi n'arrivait pas encore à se retourner dans son lit. La seule chose qu'il réussissait à faire était d'agiter bras et jambes.

— Il va s'en sortir, celui-là ? Il va vraiment grandir ?

Kōta en était inquiet, mais Diana l'avait rassuré.

— Masahiro était comme ça aussi, au début. Les êtres humains grandissent plus lentement que les chats.

Peut-être, mais la croissance de celui-là n'allait vraiment pas vite. Kōta allait souvent jeter un coup d'œil sur Hiromi qui stagnait au stade de la chenille.

Les jours passaient mais rien ne changeait.

— Dépêche-toi de te lever ! Tu feras quoi, si ta maman te laisse tomber ? l'admonestait-il.

Sa mère l'avait abandonné parce qu'il était faible et avait du mal à tenir sur ses jambes.

Un jour qu'il couvait le visage de Hiromi avec anxiété, les yeux du bébé s'ouvrirent.

Son regard jusque-là vague fixait quelque chose. Et il se mit à rire.

Bruyamment. Sa mère accourut et se méprit sur la situation.

— Kōta, tu ne dois pas le mordiller !

Elle exagère, se dit Kōta qui fit mine de s'éloigner de l'oreiller du bébé. Hiromi commença immédiatement à pleurer.

— Ah, tu préfères que Kōta soit là ?

Elle se tourna vers le chat et joignit les mains :

— Pardon, je n'avais pas compris que vous étiez bien ensemble.

Si elle l'a compris, c'est bien, pensa Kōta qui était prêt à pardonner beaucoup à la main nourricière. Il se rassit à côté du bébé dont les pleurs cessèrent aussitôt.

— Quelle chance tu as ! Kōta veut bien rester avec toi !

Elle caressa d'abord la joue rebondie du bébé puis gratta le chat sous le menton.

Il comprit en voyant son sourire qu'elle n'avait aucune intention d'abandonner sa chenille de fils.

Tu as vraiment de la chance, toi ! se dit Kōta en léchant avec application le front de Hiromi qui fleurait le biberon. Le bébé rit tout fort.

Le chat prit l'habitude de dormir avec lui tous les jours, et le bébé finit par réussir à se retourner, puis à ramper, et enfin à tenir debout sur ses deux jambes et à faire un ou deux pas. Tout alla ensuite très vite, et il se mit à courir comme un dératé à travers toute la maison.

Mais il lui arrivait souvent de se cogner à quelque chose ou de tomber. Son développement moteur n'était pas encore terminé. Kōta, quant à lui, avait eu le temps de devenir adulte.

— Les êtres humains grandissent vraiment lentement…

— N'est-ce pas ? approuva Diana. Jusqu'à ce que le bébé arrive à l'âge de Masahiro, un chat aurait le temps de devenir adulte cinq fois, tu sais.

Lorsque Kōta était encore un chaton, Masahiro lui paraissait très grand, mais il avait changé d'avis depuis.

— On a deux gangsters à la maison, avait coutume de dire leur mère à l'époque où son aîné venait d'entrer à l'école élémentaire et son cadet à la maternelle.

Le papier des portes coulissantes était plein de trous, et malgré ses efforts pour les réparer, il ne restait jamais longtemps intact. Elle finit par y renoncer.

Au lieu de "Masahiro", les parents appelaient de plus en plus souvent leur aîné "grand frère", généralement pour lui dire qu'il devait être sage puisque c'était le "grand frère". Il boudait souvent en disant qu'il n'avait pas demandé à l'être.

— C'est pas juste que personne ne dise à Hiromi qu'il doit être sage parce qu'il est "grand frère" !

Les parents reconnurent qu'il y avait du vrai dans cette affirmation.

— Très bien, on va aussi demander à Hiromi de se conduire en grand frère.

Ce à quoi Masahiro répliqua d'un ton grognon que Hiromi n'avait pas de petit frère.

— Mais si, il a Kōta, répondit sa mère.

Hé, stop ! C'est aller un peu vite en besogne, non ? D'abord, je suis né avant lui, et en plus, moi, je suis déjà adulte, s'irrita le chat.

Les humains ne comprennent malheureusement pas le langage des chats.

— Hiromi, tu es capable d'être le grand frère de Kōta, non ?

— Oui !

"Et puis quoi encore !" Cette protestation du chat fut aussi ignorée.

— Ne t'énerve pas comme ça ! Les hommes ne comprennent que le langage humain, fit Diana en riant.

— Ça veut dire que tu dois être un grand frère exemplaire pour Kōta.

Le chat fit la grimace en entendant le père dire cela. Que pourrait apprendre un poussin comme Hiromi, à lui qui savait marcher, courir, sauter, et prendre soin de sa toilette ?

— Maintenant, vous allez tout ranger, puisque vous êtes des grands frères tous les deux.

— Oui, répondirent-ils de concert en se mettant à ramasser plus docilement que d'ordinaire les jouets et les livres qui traînaient.

Ainsi Kōta devint le plus jeune de la fratrie, ce qui était la plus grande des injustices.

*

Même s'il est vraiment devenu grand, se dit-il en regardant Hiromi qui s'était réveillé juste avant midi. Plus grand que son père, et que son frère qui n'habitait plus la maison depuis qu'il s'était marié.

— Tu te lèves bien tard, lui dit sa mère.

Hiromi était étudiant, une profession qui laisse beaucoup de temps libre. Il caressa Kōta en se dirigeant vers le réfrigérateur d'où il sortit une brique de lait, à laquelle il but directement.

— Je t'ai déjà dit de ne pas boire comme ça mais de prendre un verre !

— Ne t'en fais pas, je vais la finir.

Après avoir tenu sa promesse, il rinça le carton vide et l'aplatit avant de le placer dans la boîte des recyclables.

Une excellente occasion !

Kōta qui se reposait sur le canapé se leva en toute hâte et lui grimpa sur le dos.

— Tu me fais mal !
Lorsque Hiromi poussa ce cri, il était déjà arrivé à l'épaule.
— Tu m'as griffé le dos !
"Normal, non ? Tu crois qu'on peut grimper sans sortir les griffes ?"
Lorsque Kōta baissa les yeux depuis les épaules de Hiromi, il vit que la mère qui était en train de trier le courrier sur la table levait les yeux vers lui en riant.
— Il a besoin de grimper sur tes épaules au moins une fois par jour, on dirait.
— Oui, il a cette mauvaise habitude depuis qu'il est petit. Enfin, autrefois, c'est sur papa qu'il grimpait.
Non, mais là vous vous trompez gravement, pensa Kōta en tendant la patte vers l'épi de Hiromi. Je ne le faisais pas quand j'étais petit, mais quand Masahiro et toi étiez petits. J'étais déjà grand quand j'ai commencé à grimper sur le dos du père !
— Je me demande où il a pris cette habitude.
— Diana ne le faisait pas, donc on ne peut pas dire qu'il l'a imitée, répondit Hiromi.
Je ne m'attendais pas à ce que vous parliez de "mauvaise habitude", et c'est moi qui en ai eu l'idée, se dit le chat. À cause de Hiromi, en fait (et de Masahiro). Si tu l'as oublié, c'est que malgré ta grande taille, tu n'es encore qu'un enfant sur lequel on ne peut pas compter. J'ai commencé à l'époque où ça m'énervait que vous parliez de moi en disant que j'étais le plus petit des trois.
Les deux fils Sakuraba adoraient alors que leur père les porte sur ses épaules, et ils lui demandaient sans cesse de le faire quand il était à la maison.

Ils ne s'en lassaient pas, mais c'était fatigant pour leur père. Quand il refusait, ils se mettaient à l'implorer.

Kōta qui avait tout observé en déduisit que celui que le père choisissait de faire monter sur ses épaules était le meilleur. Parce qu'il était plus haut que tout le monde.

Dans ce cas, s'il arrivait à grimper là-haut tout seul, ce serait lui le meilleur.

Il mit immédiatement son plan à exécution. Le père poussa quelques cris, mais lorsqu'il arriva au sommet de sa tête, cela lui avait valu le respect des enfants.

Lorsque Masahiro avait dépassé en taille son père, il avait pris l'habitude de grimper sur lui. C'est moi le plus haut. Comment pouvez-vous dire de moi que je suis le petit dernier ? pensait-il chaque fois.

Quelques années passèrent, et Hiromi dépassa son frère en taille. Kōta choisit son dos, puisque dans cette famille le meilleur était celui qui était le plus haut. Masahiro l'avait mal vécu.

— Allez, redescends ! Tu commences à être lourd !

Hiromi voulut le prendre dans ses bras, mais le chat sauta à terre. En veillant à faire un bel atterrissage.

— Bravo ! applaudit la mère.

— On ne dirait jamais qu'il va fêter ses vingt ans cette année. Son pelage est toujours aussi beau.

— Oui. Quand je l'ai emmené faire son rappel l'autre jour, les gens de la salle d'attente n'en croyaient pas leurs oreilles quand je leur ai dit son âge.

N'est-ce pas ? pensa Kōta en se redressant fièrement. Je ne peux pas me plaindre, rien chez moi ne me fait sentir mon âge. Il n'y aurait rien d'étrange à ce que ma queue commence à devenir fourchue.

— Tu déjeunes ici ou à l'université ?

— Ici.

— Une soupe de nouilles *udon*, ça te va ?

— Tout me va !

Sa mère se leva pour aller dans la cuisine. Hiromi s'assit et commença à lire le journal resté sur la table.

Kōta y sauta. Il suivit le regard de Hiromi et s'assit sur l'article qu'il était en train de lire.

Je suis plus intéressant que le journal, pensait-il. Mes rayures grises de mackerel tabby sont plus plaisantes à l'œil que ces minuscules caractères, non ! Et tu peux caresser mon pelage si doux autant que tu le souhaites.

— Mais pourquoi dois-tu te mettre exactement sur ce que je suis en train de lire ?

— À cet égard, il est comme Diana, répondit sa mère, avec un rire rempli de nostalgie tout en hachant quelque chose en rythme.

D'après l'odeur légère qui vient de la cuisine, ce doit être du poireau, se dit Kōta. Nous les chats n'en sommes pas friands. Diana m'a d'ailleurs appris que ça nous rendait malades.

Un agréable fumet du bouillon de bonite séchée lui chatouilla les narines, et la mère apporta deux bols qu'elle posa sur la table.

— Bon appétit !

Kōta quitta le journal pour aller s'asseoir sur les genoux de Hiromi qui plaça la main gauche sur son dos comme si ça allait de soi.

— Et il a repris cette mauvaise habitude, commenta la mère avec un sourire peiné.

Comment ça ? Kōta était déçu. C'était pourtant elle qui m'avait demandé de rester avec Hiromi au moment des repas, pensa-t-il.

À l'époque où il commençait à manger de la nourriture solide et à apprendre à rester assis sur sa petite chaise pendant tout un repas, il se levait souvent de table. Sa mère avait décidé d'enrôler le chat qui devait rester avec lui quand il mangeait.

— Tu vois, Hiromi, Kōta te tient compagnie, lui disait-elle. Mange sagement maintenant !

Elle avait choisi la bonne personne, non, le bon chat, pour ce rôle. Hiromi lui était attaché depuis l'enfance lorsque le chat venait dormir à côté de lui quand il était petit.

Lorsqu'il se lassait d'être immobile, elle interrompait le repas et lui demandait de caresser Kōta. C'était ainsi qu'il avait appris à rester à table.

Le chat trouvait étonnant que Hiromi soit incapable de manger sans lui, mais en tant que membre de la famille, il se devait de l'aider. Ainsi était née cette habitude.

Quand le petit garçon était passé de la table basse à la table de la salle à manger, sa présence était devenue superflue. Mais tout bien réfléchi, il pouvait aussi s'installer sur ses genoux à ce moment-là, et depuis quelques années, il avait recommencé à lui tenir compagnie.

— Ça doit t'embêter pour manger, non ?

— Non, pas particulièrement. Il ne me gêne pas plus que ça. Maintenant qu'il est vieux, il a peut-être plus besoin de compagnie qu'avant.

Et puis quoi encore ? pensa Kōta. C'est toi qui n'arrivais pas à manger quand je n'étais pas là autrefois.

— Oui, mais manger en n'utilisant qu'une main n'est pas correct. Il va falloir trouver quelque chose.

Elle le disait souvent, mais n'avait pas encore apporté de solution au problème. Ce jour-là aussi,

Hiromi déjeuna en ne se servant que de la main droite, avec laquelle il gratta le chat sous le menton une fois le repas terminé.

“Oui, c’est bien, continue… un peu plus à droite, s’il te plaît !”

— Bon, il va falloir que j’y aille, lança Hiromi en se levant après avoir posé le chat par terre.

— Attends une seconde ! Tiens, tout ça c’est pour toi, lui dit sa mère en lui tendant plusieurs enveloppes. Tu reçois beaucoup de courrier en ce moment.

— C’est normal, j’ai fait des demandes d’inscription à plusieurs forums étudiants-employeurs.

Il prit la première enveloppe et fit la grimace en voyant le nom de l’expéditeur.

— Ça, je n’en ai pas besoin. C’est une invitation pour des soins chez une esthéticienne.

— Encore une erreur due à ton nom !

Comme sa mère l’avait craint, on prenait souvent Hiromi pour un nom féminin.

— Je me souviens encore des publicités pour kimonos l’année de tes vingt ans !

— Je sais bien que c’est la faute des gens qui vendent des listes d’adresses, mais ils pourraient quand même indiquer le genre des correspondants.

Il tendit à sa mère le courrier du cabinet d’esthétique.

— Il y a un coupon de réduction ! Je peux m’en servir ?

— Je t’en prie. J’espère que tu auras moins de rides ensuite.

— Tu crois que ça peut marcher ? demanda-t-elle en tirant la peau de ses joues vers les pommettes, le visage sérieux.

— Je n'ai rien contre le prénom Hiromi, mais ça m'énerve que les gens se trompent.

Sa mère lui adressa un sourire.

— Tu n'as rien contre ?

— Non, pas spécialement.

— Eh bien, dis-le donc à ton père un de ces jours.

C'est vrai, il devrait le faire, acquiesça Kōta à part lui.

Avec un sourire réticent, Hiromi répondit qu'il y penserait et quitta la salle à manger.

*

Pendant ses premières années d'école élémentaire, Hiromi s'était souvent plaint de son prénom. La première fois qu'elle avait fait l'appel, sa maîtresse de CP avait pensé que c'était un nom de fille. Qu'elle ait ajouté qu'avec ses longs cils, il avait vraiment l'air d'une fille, n'avait rien arrangé. Le petit garçon avait été profondément blessé.

Et son père plus encore.

— Je déteste ce nom ! disait Hiromi chaque fois qu'il était en colère.

Le visage de son père se voilait, il paraissait au bord des larmes. C'était lui qui l'avait imposé en remportant une partie de pierre-feuille-ciseaux contre sa femme, peu de temps après la naissance de son second fils.

— Ne dis pas ça, c'est un beau nom, tu sais ! Parce qu'il utilise un des deux caractères de celui de ta mère.

Elle s'appelait Akemi. De la même manière, le "Masa" de Masahiro, le nom de leur premier fils, était celui du deuxième caractère du sien, Kazumasa.

Comme ils ne savaient pas s'ils auraient une fille ou un garçon, ils s'étaient félicités d'avoir trouvé un nom qui convienne dans tous les cas.

— C'est vrai que pour un garçon, on aurait pu choisir Akihiro ou Hiroaki, sourit sa mère, embarrassée.

Son père parut encore plus malheureux.

— Ou au moins Yoshihiro*, fit-il.

— Mais non, le consola sa femme. Nous avons très bien fait. Comme ça, vos noms s'enchaînent : Kazumasa, Masahiro, Hiromi. La logique est évidente.

— Ce n'est pas bien du tout ! lança Hiromi, réduisant à néant les efforts de sa mère. Moi, j'aurais préféré m'appeler Kōta ! Je veux échanger mon nom contre le sien !

Déconcerté par la tournure prise par la conversation, Kōta n'avait aucune envie d'être mêlé à cette querelle.

— Kōta, c'est un vrai prénom de garçon. Et c'est comme ça que tu voulais m'appeler, non, maman ?

Son père quitta la pièce, le visage défait.

— Pauvre papa, commenta Masahiro d'un ton narquois.

Hiromi parut légèrement désarçonné. Mais son frère ne se résolut pas à en rester là.

— T'es vilain, Hiromi !

— Pas du tout ! répliqua celui-ci. Je veux changer de nom avec Kōta !

— Il n'en est pas question, fit sa mère d'un ton définitif. Il a vécu six ans avec ce nom, ça l'embêterait d'en changer.

— Ça l'embêterait pas, puisque c'est un chat.

* Ce prénom s'écrit avec les mêmes caractères que "Hiromi" mais en ordre inversé, et "Mi" se lit alors "Yoshi".

— Moi, je n'aime pas les enfants qui disent qu'un chat, on peut tout lui faire parce que c'est un chat.

Cette déclaration fit son effet sur Hiromi qui se mit à bouder. Kōta leva les yeux vers lui et crut voir des larmes au bord de ses paupières.

Sa mère dut penser qu'elle s'était montrée trop sévère, car elle prit Hiromi dans ses bras.

— Ça fait six ans qu'on appelle Kōta Kōta en y mettant toute notre affection. Si on lui enlevait ce nom maintenant, ça serait triste pour lui, non ?

Hiromi n'en paraissait pas convaincu.

— Et toi, ça fait six ans que nous t'appelons Hiromi, en y mettant toute notre affection. Tu ne vas pas me dire que ça t'est égal, quand même !

Elle fit semblant de pleurer, d'une manière peu convaincante, mais cela agit sur son fils.

— C'est pas ce que je veux dire, maman !

Il n'était peut-être pas entièrement convaincu, mais il finit par entendre raison, car il ne voulait pas que sa mère pleure.

— Les êtres humains sont capables de faire bien des histoires pour un nom… fit Kōta en haussant les épaules.

Diana sourit. Elle était d'accord.

— Le nom, c'est très important pour eux. Tu aurais dû voir la discussion qu'ils ont eue au moment de choisir le mien ! ajouta-t-elle.

Elle était arrivée dans la famille avant la naissance de Masahiro.

Cette fois-là aussi, les parents avaient eu recours à pierre-feuille-ciseaux.

Diana était le nom de l'héroïne du roman *Anne… la maison aux pignons verts*, que la mère aimait beaucoup. Le père était favorable à un autre nom, Furama.

— Furama ? Quel drôle de nom !

C'était celui d'un hôtel à l'étranger où ils avaient passé leur lune de miel. Ils venaient d'en revenir lorsqu'ils avaient recueilli Diana.

Appeler ainsi la petite chatte serait un souvenir de ce voyage, mais pour sa femme, ce nom évoquait avant tout le jour où ils avaient oublié la clé de leur chambre à l'intérieur et qu'ils n'avaient pas pu y entrer. D'où sa préférence pour "Diana".

— Lui, il a depuis toujours un côté romantique, conclut Diana.

Son désir de choisir des prénoms pour leurs enfants qui reprennent un caractère du prénom des parents, à la même place, en attestait aussi.

Ce soir-là, le père alla trouver Hiromi dans sa chambre, le visage solennel.

— Écoute-moi bien, Hiromi. Pour l'instant, on ne peut pas changer ton prénom, mais quand tu seras adulte, si tu continues à ne pas l'aimer, on pourra demander l'autorisation de le faire au tribunal. Pour l'instant, ce n'est pas possible, mais quand tu seras adulte, ça le sera.

Kōta qui dormait aux pieds de Hiromi dans son lit fit pression de la tête sur ceux-ci pour lui intimer de ne pas faire semblant de dormir et de dire à son père que ce n'était pas la peine. Parce qu'il croyait Hiromi capable de résister aux moqueries de ses copains.

Il savait que Hiromi était réveillé, car il repoussa la tête de Kōta, mais l'enfant ne répondit pas à son père.

Le problème du prénom ne perdit de son acuité qu'à l'été suivant, grâce à la belle Satsuki qui vint les voir pendant les vacances. Elle était alors en deuxième année de collège, et les fils Sakuraba l'aimaient beaucoup. Ils luttaient pour capter son attention.

Cela les amenait parfois à se disputer, comme le jour où Masahiro se moqua du nom de son frère pour montrer sa supériorité.

— Ça ne m'étonne pas que ta maîtresse t'ait pris pour une fille !

Hiromi rougit jusqu'aux oreilles et se jeta sur Masahiro qui ne se laissa pas faire. Ils commencèrent à se battre.

Satsuki intervint pour les séparer et leur demanda ensuite de lui expliquer les raisons de leur querelle.

— Si je comprends bien, tu n'aimes pas ton prénom, dit-elle à Hiromi, comme si cela lui paraissait bizarre.

— Ben oui, commença-t-il en baissant la tête, mes copains se moquent de moi en disant que c'est un nom de fille !

— Pourtant ce prénom, je l'aime bien, moi. Le premier garçon dont je suis tombée amoureuse en maternelle s'appelait Hiromi, ajouta-t-elle avec un sourire timide. Enfin, ça s'écrivait avec d'autres caractères que ton prénom.

Ces mots firent sur Hiromi le même effet que s'il venait de marquer à la dernière minute le but qui donnait la victoire à son équipe.

Que Satsuki ait précisé que ce Hiromi était beau et charmant ne gâcha rien.

— Elle a juste dit qu'il s'appelait comme toi ! Et pas du tout que c'était toi qu'elle aimait, tenta son frère.

Cela ne gâcha pas la bonne humeur de son frère.

— Tu nous as rendu un fier service, la remercia la mère des garçons. Je ne m'étais pas rendu compte qu'il souffrait à ce point des moqueries de ses camarades. Et même son père en était attristé.

— Il va falloir que tu lui demandes pardon, Hiromi !

— Oui, je vais y penser, répondit Hiromi qui ne paraissait pas décidé à le faire.

À partir de ce jour, il cessa de souffrir de son prénom, et de dire qu'il voulait l'échanger contre celui du chat.

Lorsque les vacances d'été se terminèrent et que les cours reprirent, ses camarades de classe arrêtèrent de le taquiner à ce sujet. C'était probablement parce qu'il ne réagissait plus à leurs moqueries.

Sa dette à l'égard de Satsuki était grande. On pouvait en dire autant de son père.

Pendant les vacances d'été de l'année suivante, ce fut au tour de Kōta de devenir son obligé.

Elles avaient commencé dans la tristesse pour Hiromi.

Le lapin de l'école était mort juste avant la fin du semestre. Juste pendant la semaine où la classe de Hiromi était chargée de s'en occuper.

Les élèves lui apportaient par roulement les légumes – des carottes et du chou pour Hiromi – dont il se nourrissait. Et ils se battaient pour nettoyer sa cage.

Malgré ces soins, ils trouvèrent un matin le lapin mort. Le chagrin fut général, et particulièrement profond dans la classe de Hiromi.

— Maman, c'est quoi le terme de la vie ? demanda-t-il à sa mère un jour en revenant de l'école.

Lorsque lui et ses camarades avaient voulu se réunir pour réfléchir à ce qu'ils avaient fait de mal pour que le lapin meure, la maîtresse leur avait expliqué que ce n'était la faute de personne, parce qu'il était vieux et que sa vie était arrivée à son terme.

Loin de rassurer Hiromi, cette explication l'avait inquiété. On mourait quand la vie arrivait à son terme ?

Sa mère tentait de le lui expliquer lorsque Masahiro qui était déjà entré dans la puberté s'immisça dans la conversation.

— Le terme de la vie, c'est le terme de la vie, quoi ! Tu ne savais pas que lorsqu'il arrive, on meurt ?

L'époque où cette réalisation lui avait fait perdre le sommeil et venir en larmes demander à sa mère la nuit si eux aussi mourraient un jour n'était pourtant pas si lointaine.

Peut-être se montrait-il désagréable avec son frère parce que lui aussi avait eu très peur.

— Le lapin est mort, mais ça arrivera aussi à Kōta et Diana. Et puis à…

— Masahiro, ça suffit ! l'interrompit sa mère, furieuse.

Elle voulait probablement l'empêcher d'annoncer à son petit frère qu'elle et son mari connaîtraient inévitablement le même sort.

— Mais je veux pas, moi ! protesta-t-il.

Il se mit à pleurer aussi fort que s'il était encore un bébé.

— Je ne veux pas que Kōta meure ! Ni Diana !

S'il avait d'abord mentionné Kōta, ce n'était pas parce qu'il le préférait à Diana, mais parce que ses relations avec lui étaient encore meilleures qu'avec elle.

Nés presque au même moment, ils avaient toujours vécu ensemble. Kōta avait toujours dormi à ses côtés quand il était bébé. Et au moment des repas, quand il était petit.

Kōta était un chat, Hiromi un être humain, mais ils étaient aussi proches que des frères. Aucun enfant dans cette situation n'aurait pu supporter sans verser de larmes d'apprendre que le chat mourrait un jour.

Masahiro a dépassé les bornes, pensa Kōta en agitant vigoureusement le bout de sa queue, si grande était sa colère.

— Ne t'en fais pas, Hiromi, Kōta et Diana sont en pleine forme, ils vont encore vivre longtemps, le rassura sa mère.

Il finit par s'arrêter de pleurer, peut-être parce que ses larmes s'étaient taries.

Mais l'idée que Kōta et Diana mourraient un jour continua à peser sur lui, et les vacances d'été s'ouvrirent pour lui dans la tristesse.

Il lui arrivait de pleurer en dormant. Kōta, qui l'avait remarqué pendant ses patrouilles nocturnes, lui léchait souvent ses larmes.

Une nuit, alors qu'il était seul avec Diana dans le séjour, il lui posa une question. Était-ce vraiment impossible pour eux de vivre plus longtemps que Hiromi ?

Son seul souhait était de vivre juste un jour de plus que lui. Cela résoudrait le problème du petit garçon.

— Désolée, mais ça me paraît difficile, lui répondit-elle. Les êtres humains vivent parfois jusqu'à l'âge de cent ans. Mais je n'ai jamais entendu parler de chats qui aient vécu aussi longtemps.

— Tu en es vraiment sûre ? insista-t-il. C'est insupportable de le voir aussi triste !

Au début de ces vacances d'été marquées par cette inquiétude des deux chats, Satsuki revint.

Le retour de cette jeune fille qu'il aimait tant tira Hiromi de sa préoccupation, mais il lui arrivait quand même d'avoir l'air accablé. Et de pousser de gros soupirs.

Cela se produisit un jour où elle les surveillait pendant que son frère et lui faisaient leurs devoirs. Il ne paraissait pas concentré sur son travail.

— Il y a quelque chose qui ne va pas ?

Cette question de Satsuki suffit à lui faire monter les larmes aux yeux. Il en tomba une de ses longs "cils de fille", comme les avait qualifiés son institutrice de CP.

Il lui parla de la mort du lapin juste avant les vacances. Masahiro se figea.

Mais son petit frère se conduisit comme un homme. Il ne se plaignit pas de la méchanceté de son grand frère.

— Tu sais quand Kōta et Diana vont mourir, toi ?

— Eh bien…

Satsuki paraissait perplexe. La question était délicate pour une élève de quatrième.

— En fait, comme Kōta et Diana sont des chats…

Le fait que nous soyons des chats change quoi, se demanda Kōta en se penchant vers elle, intrigué. Diana en fit autant.

— Moi, j'ai entendu dire qu'un chat qui vit dix ans se métamorphose. Euh… c'était peut-être vingt ans.

Elle se mit à y réfléchir, sans parvenir à une conclusion.

— Enfin, ce dont je me souviens, c'est qu'un chat domestique qui vit longtemps se métamorphose.

— Moi, je le savais, dit Masahiro, se mêlant à la conversation pour la première fois. Ils se métamorphosent, leur queue se divise en deux, et ils deviennent des *nekomata*.

— Exactement ! C'est ce que je voulais dire, approuva Satsuki en hochant vigoureusement la tête.

— Et une fois qu'ils sont des *nekomata*, ils ne meurent plus ?

— Non, je ne pense pas, puisqu'ils sont devenus des *yōkai*. Je n'ai jamais entendu dire que ces créatures surnaturelles pouvaient mourir.

Le visage de Hiromi s'éclaira, comme s'il venait enfin de trouver la lumière dans une pièce obscure.

— Kōta et Diana pourront devenir des *nekomata* ?

— Diana a quatorze ans, n'est-ce pas ? C'est plutôt âgé pour un chat, donc c'est peut-être possible. Tu ne crois pas, Masahiro ?

Il était en train de faire une série d'exercices et ne releva pas la tête. Mais il ne réfuta pas non plus cette supposition.

— Super ! s'écria Hiromi, avec un franc sourire, comme il n'en avait pas eu depuis longtemps.

La possibilité que les deux chats se métamorphosent apporta une résolution complète au problème.

Comment devenait-on un *nekomata* ? Suffisait-il de vivre vieux ?

Il y a sans doute une démarche à faire, pensait Diana.

Parce que chaque fois que quelque chose change dans la vie des humains, ils vont faire une démarche à la mairie, lui expliqua-t-elle. C'est vrai quand ils naissent, quand ils meurent, quand ils se marient. Lorsque Masahiro et Hiromi sont nés, les parents sont allés les déclarer à la mairie. Même si Kōta était alors trop jeune pour s'en souvenir.

En l'entendant, il se rappela la dispute entre le père et le fils au sujet du prénom Hiromi.

Le père avait dit que si Hiromi voulait changer de prénom plus tard, il devrait demander une autorisation au tribunal. Oui, il devait en aller de même pour les chats. Pour devenir *nekomata*, il fallait sans doute faire une démarche à la mairie ou au tribunal. Mais concrètement, c'était quoi une démarche ? Comment faire pour déclarer quelque chose ? De quoi avait-on besoin ?

Probablement d'un document, répondit Diana d'un ton convaincu.

Lorsque les parents sont allés déclarer les prénoms de leurs enfants à la mairie, ils ont écrit quelque chose sur un papier. Et ensuite, ils y ont apposé leur sceau.

Mais comment on va faire, nous ? On ne sait pas écrire.

Oui, mais apposer un sceau, ça doit être possible pour un chat.

Mais comment se procurer un sceau pour chat ?

Résoudre ce problème prit du temps.

Trop pour Diana.

*

— Bonsoir ! lança Hiromi depuis l'entrée.

— Tu arrives à point nommé, répondit sa mère depuis la cuisine. Tu veux bien aller me faire une course ?

Il posa sa sacoche sur le divan, l'air légèrement ennuyé.

— Tu aurais dû m'envoyer un SMS ou m'appeler avant que je rentre !

— Je viens juste de me rendre compte que j'ai oublié quelque chose.

— D'accord. Et de quoi s'agit-il ?

Hiromi protestait parfois un peu, mais il ne refusait jamais de rendre service à sa mère.

— De surimi au crabe.

— Ah... souffla-t-il, en ayant l'air de comprendre. Aujourd'hui, c'est le jour anniversaire ?

— Oui. Je veux en mettre sur l'autel bouddhique.

Diana adorait le surimi au crabe. Hiromi était en CM1 quand elle était morte, au milieu de l'hiver, par une belle journée paisible, comme l'avait été sa mort.

— Ça fait déjà dix ans...

— Oui, elle a vécu longtemps. Seize ans !

— Encore un peu, et elle aurait réussi à devenir *nekomata*.

La mère et le fils échangèrent un regard et se mirent à rire.

Tiens, ça faisait longtemps qu'on n'en avait pas parlé. Mais moi, je suis toujours là ! pensa Kōta qui se mit à grimper sur le dos de Hiromi.

— Tu me fais mal, protesta celui-ci en rentrant le cou dans les épaules.

Kōta se jucha sur sa tête.

— Descends, il faut que j'aille faire une course !

Lorsque Hiromi voulut le poser par terre, il sauta de son épaule avec son élégance habituelle. Puis il frotta sa tête contre les genoux de Hiromi qui rit en le caressant sous le menton.

— Et toi, tu as vingt et un ans. Tu peux te métamorphoser quand tu veux.

Ne t'en fais pas pour ça. Diana a raté le coche, mais moi, j'ai trouvé la solution pour le sceau, se dit le chat.

— Passe à la teinturerie. Ton costume est prêt.

— Merci de l'avoir fait nettoyer.

En dernière année à l'université, Hiromi cherchait activement du travail et quittait souvent la maison vêtu d'un costume comme son père.

— Dépêche-toi. On dînera dès que papa sera rentré.

— Il en faut beaucoup pour te satisfaire, dis donc !

Hiromi se dirigea en riant vers l'entrée. Kōta le suivit.

N'oublie pas que pour Diana, c'est du surimi au crabe allégé en sel !

— Toi aussi, tu as besoin de quelque chose ?

Il lui caressa la tête et revint avec du surimi au crabe allégé pour Diana, et un autre paquet au fromage et à la morue pour Kōta.

*

Diana n'avait pas tardé à perdre la vision dans son œil atteint d'iritis congénitale. Le second s'était ensuite détérioré, et sur ses vieux jours, elle ne se levait plus que pour manger ou faire ses besoins, peut-être parce qu'elle avait peur de se déplacer dans un monde qu'elle voyait à peine.

Peu à peu, elle perdit l'appétit, et son pelage cessa d'être brillant. Elle prit l'aspect d'un vieux chat.

Le vétérinaire aurait dit que sa vie s'approchait de son terme.

C'est dommage mais je crois que je ne vais pas réussir à devenir *nekomata*, avait-elle murmuré à cette époque, d'une voix pleine de regrets. De plus, ni elle ni Kōta ne savaient encore où trouver un sceau pour chat.

Il n'avait pas essayé de la consoler. Diana était à la fin de sa vie.

Elle n'avait pas en elle de quoi devenir *nekomata*. C'était tout.

Un chat ne se révolte pas contre son destin.

Tu crois que Hiromi pleurera beaucoup ? lui avait-elle demandé. Ce à quoi il avait répondu qu'il l'aiderait à surmonter son chagrin. Diana avait conclu : "Je compte sur toi."

Il faisait froid, cette année-là. Mais le temps s'était radouci le jour de sa mort.

Elle avait rendu son dernier souffle paisiblement, entourée de toute la famille.

Ses dernières paroles avaient été pour Kōta : "J'espère que tu arriveras à devenir *nekomata*."

Hiromi avait beaucoup pleuré, et n'avait rien mangé pendant toute une journée. Le lendemain, il s'était rattrapé.

Cela prouvait qu'il allait bien.

À force de bien manger et bien dormir, il avait grandi à vue d'œil.

Plus il le faisait, plus il avait de place en lui pour accepter la tristesse.

Il ne pleurait pas lorsqu'il pensait que Diana n'était plus là. Il n'avait pas perdu sa joie de vivre.

Mais il lui arrivait de verser quelques larmes dans son sommeil.

Dans ces cas-là, Kōta les léchait discrètement. Elles étaient un peu salées.

Ne t'en fais pas, je suis près de toi. Et je vais devenir *nekomata* pour rester avec toi jusqu'à la fin.

C'était une des choses qu'il avait promises à Diana.

Ça, et trouver le sceau des chats. Celui dont il aurait besoin pour sa démarche.

Il était tombé dessus par hasard.

— Vous pouvez mettre votre sceau ici, s'il vous plaît ?

C'était ce que disait toujours le livreur.

Il y en avait un destiné à cet usage dans l'entrée. Il suffisait de l'apposer sur la fiche qu'il tendait.

Mais un jour, le sceau de l'entrée fut introuvable.

— Ça suffira si je mets juste mon empreinte digitale ? avait alors demandé la mère.

— Oui, bien sûr.

Elle avait pressé le tampon d'encre rouge du bout de l'index et l'avait ensuite appliqué sur la fiche.

Kōta avait tout vu.

L'Oiseau bleu* était ici !

Dès leur naissance, les chats disposaient d'un sceau au bout de leurs pattes.

Il ne lui restait qu'à s'entraîner. Parfois, la mère appliquait mal le sceau et devait recommencer.

Pour bien faire le geste au moment voulu, il fallait le maîtriser parfaitement.

Kōta avait commencé à s'exercer.

Chaque fois qu'il remarquait que la boîte d'encre rouge était ouverte, il en profitait. Notamment lorsque le père écrivait les cartes de vœux. Le chat sautait sur la table et recouvrait les cartes vierges de ses empreintes.

— Kōta ! s'écriait le père furieux.

Sa femme lui disait toujours que ce n'était pas grave, puisqu'il pouvait transformer les empreintes en fleurs de prunier, en y ajoutant des branches à l'encre de Chine.

* Allusion à la pièce éponyme de Maurice Maeterlinck. C'est devenu une locution courante en japonais pour dire qu'un bonheur qu'on croyait lointain se trouve en réalité à portée de main.

Il se servait aussi de la boîte de peinture à l'eau de Hiromi, de ketchup, et même de sauce de soja. Ce n'était pas rouge, mais ça allait.

Il n'avait plus qu'à attendre l'arrivée du document.

Un jour, la mère lui dirait qu'elle avait du courrier pour lui, Kōta n'en doutait pas.

*

Les efforts de Hiromi pour trouver du travail furent récompensés : il fut embauché par une agence de voyages, comme il le souhaitait.

Étudiant, il avait été chargé de l'organisation d'un voyage pour les membres de son cercle d'études. Cela lui avait beaucoup plu.

La famille fêta la nouvelle autour d'un bon dîner. Bien que ce ne fût pas le jour anniversaire de la mort de Diana, la mère plaça du surimi au crabe devant sa photo sur l'autel bouddhique. Et Kōta eut droit à un bâtonnet de poulet pour chats.

Masahiro, qui n'avait pas pu venir, offrit à son petit frère une cravate pour le féliciter la prochaine fois qu'il vint chez eux avec sa femme.

Hiromi reçut aussi une montre de son père, et de sa mère un objet en tissu dans lequel elle avait cousu des anneaux. Il le regarda sans comprendre.

— C'est quoi ce truc ?

— Une écharpe de portage. Je vais te montrer.

Elle la passa à l'épaule, et mit Kōta dedans.

— C'est conçu pour porter un bébé. Mais ça convient aussi à un chat. Comme ça, tu auras les mains libres.

— Je vois.

Hiromi ne se servait que de sa main droite pour manger, car la gauche était toujours posée sur Kōta.

— Je reconnais que c'est pratique, mais… C'est un cadeau pour moi ou pour Kōta ?

— Ça fait longtemps que je cherchais une solution. Et je l'ai enfin trouvée.

— D'accord.

Il prit l'habitude de s'en servir au moment des repas.

— Ce chat est vraiment bizarre. Il grimpe, il dessine, et maintenant qu'il est vieux, il se fait porter, remarqua le père.

— Et vous verrez, bientôt, il saura marcher debout sur ses pattes arrière, ajouta sa femme en riant.

— Tu veux dire qu'il va se métamorphoser ?

Hilare, Hiromi posa la question en caressant Kōta.

— Bon courage ! Donne-toi du mal, et transforme-toi en *nekomata* !

Satsuki qui lui avait appris leur existence les appelait de temps en temps. Elle travaillait dans une entreprise locale, où elle était déjà chargée de la formation des nouveaux employés.

L'hiver arriva, le jour anniversaire de la mort de Diana passa, et le printemps revint.

Hiromi commença à aller travailler en costume tous les jours.

Un jour, sa mère l'arrêta au moment où il allait partir.

— Tu es mal rasé !

Il retourna dans la salle de bains en toute hâte et prit son rasoir électrique.

Oh ! La belle occasion de gravir son dos !

Kōta remua l'arrière-train pour se préparer à sauter. Hiromi se retourna et fit un pas de côté pour l'éviter.

— Non, pas aujourd'hui ! Je ne peux pas te laisser abîmer mon costume.

Apparemment, ce n'était pas comme ses habituels jean et sweat-shirt.

Tant pis, ce n'était que partie remise. Deux fois sur trois, ça marchait, et il arrivait en haut du dos de Hiromi.

Bientôt, celui-ci le laissa faire même quand il était en costume. Ces jours-là, il se rasait avec le chat sur l'épaule.

— Dis, maman, tu peux faire du porc frit demain ? dit Hiromi un jour en rentrant à la maison.

L'automne était arrivé, il travaillait depuis six mois.

— Ah bon ? Tu dois passer un examen ?

Son fils cadet mangeait de tout et avait bon appétit. C'était rare qu'il lui demande un plat spécifique, sauf la veille d'un examen important, quand il voulait du porc frit.

Étrange, puisqu'il n'était plus étudiant. Perplexe, Kōta inclina la tête de côté.

— Oui, j'ai un test de qualification demain.

C'est vrai que ces derniers temps, il étudiait assis à son bureau dans sa chambre jusque tard dans la nuit comme quand il était encore à l'université.

Il y eut du porc frit au dîner le lendemain, mais lorsque Kōta voulut s'exercer avec la sauce Worcester qui restait dans les assiettes, la mère poussa un cri. Hiromi et son père unirent leurs efforts pour l'en empêcher.

Le lendemain matin, Hiromi partit passer son examen.

Environ un mois plus tard, sa mère poussa un cri en triant le courrier.

— Ça, ça doit être la notification du résultat du test de l'autre jour !

Le temps lui parut long jusqu'au retour de Hiromi à qui elle remit l'enveloppe avec une indifférence qu'elle eut du mal à feindre.

Son fils paraissait tendu en l'ouvrant.

Grâce au porc frit de sa mère, ou à ses propres efforts, il avait réussi.

Kōta renifla l'enveloppe pendant que la mère et le fils se réjouissaient de ce succès. Pas besoin d'apposer un sceau sur cette notification ? se demandait-il.

— Qu'est-ce qui t'arrive Kōta ? Tu veux la lire ?

"Non, non, je me demande juste pourquoi moi je ne reçois pas la lettre que j'attends." Mais Hiromi se méprit sur son expression et lui expliqua le contenu du courrier.

— Avec cette qualification, je peux travailler comme accompagnateur de voyage à l'étranger !

— Et quand sera ton premier voyage ? s'enquit sa mère.

— Eh bien… D'après ce que je sais, dans mon agence, ça arrive parfois même avant la fin de la première année.

Hiromi paraissait s'en réjouir, même s'il ignorait quand cela se ferait et où il irait.

L'hiver revint, le jour anniversaire de Diana passa, et le printemps n'était plus loin.

Hiromi était en train de se raser dans la salle de bains.

Une bonne occasion de gravir son dos.

Kōta prit son élan et sauta. Mais…

Il se retrouva allongé par terre sur le dos. Hiromi baissait les yeux vers lui, surpris.

Zut, je me suis raté… Je ne suis pas en forme aujourd'hui… pensa le chat en quittant la salle de bains, penaud.

Mais il ne grimpa plus jamais sur le dos de Hiromi. Parce qu'il savait qu'il n'y arriverait plus.

Sauter d'un bond sur la table lui était devenu aussi impossible. Il ne réussissait qu'en faisant étape sur une chaise.

Le vieillissement qui avait atteint Diana l'avait rattrapé.

Zut, j'aurais dû me méfier… Pourtant Satsuki avait dit que si un chat vivait vingt ans, il se transformait en *nekomata*.

Kōta en avait vingt-trois. À la prochaine saison des pluies, il fêterait son vingt-quatrième anniversaire.

Il avait toujours cru qu'il serait déjà devenu *nekomata*.

Le courrier qu'il attendait n'était toujours pas arrivé.

"Quel dommage, je me suis tellement entraîné à apposer mon empreinte !"

Le printemps était proche. Le général Hiver résistait aux assauts du printemps, il faisait tantôt doux, tantôt froid.

Kōta se laissa surprendre par un refroidissement. Ses membranes nictitantes ne se relevaient plus. La mère l'emmena chez le vétérinaire en urgence.

Celui-ci lui fit une perfusion, mais Kōta eut du mal à se remettre de ce rhume qui l'avait beaucoup affaibli. Il en était conscient.

"Je n'en ai plus pour longtemps."

Tel était son état lorsque Hiromi apprit la date de son premier voyage en tant qu'accompagnateur.

— Et ce sera où ?

— En France. Le Mont-Saint-Michel est au programme.

— Super ! Ça fait longtemps que tu voulais y aller.

Le ton de la mère de Hiromi était enthousiaste, mais aussi un peu forcé.

— C'est vrai… Mais pourquoi est-ce que ça doit arriver maintenant ?

— Personne n'y peut rien, tu sais. Si tu dis que tu ne peux pas y aller parce que tu es inquiet pour ton chat, tu perdras ton emploi !

Elle enfonça une pipette dans la gueule de Kōta pour lui donner son médicament. Les premiers jours, il s'était débattu, mais il était à présent résigné. À quoi bon gâcher le peu de force qui lui restait…

— Ne t'en fais pas, tu ne seras parti qu'une semaine. Je suis sûre qu'il t'attendra, continua-t-elle, alors qu'elle n'y croyait pas elle-même.

Personne n'y croit, pensa Kōta, mais moi, je ne peux que me faire confiance. Pars tranquille. Moi, un chat qui a vécu vingt-trois ans, je suis parfaitement capable de t'attendre une semaine !

Hiromi partit après l'avoir longuement caressé, comme s'il lui faisait ses adieux.

Il appelait ses parents chaque jour, tantôt le matin, tantôt le soir.

Parfois même très tôt le matin, mais sa mère ne le lui reprocha pas une seule fois.

— Ne t'en fais pas, il prend bien ses médicaments.

Masahiro vint aussi voir Kōta pendant cette semaine.

— Ce sera sans doute la dernière fois…

Il resta très tard, et repartit en voiture.

Une nuit… Une deuxième nuit… Aujourd'hui, ça fait combien de jours… Kōta sentait que la vague de sommeil qui l'engloutirait paisiblement était proche.

Une fois qu'elle le happerait, il ne se réveillerait sans doute plus.

Mais il n'avait pas peur, Diana était passée par là avant lui.

Un jour, chacun devait partir. Cela arriverait au père, à la mère, à Masahiro, et même à Hiromi.

Il regrettait quand même de devoir renoncer à accompagner Hiromi jusqu'à la fin. Alors que Satsuki lui avait appris l'existence des *nekomata*.

Et qu'il maîtrisait l'art d'apposer son empreinte de patte.

Il aurait simplement voulu vivre un jour de plus que Hiromi.

Mais Hiromi était grand maintenant. Grand et solide. C'était le plus grand de toute la famille, maintenant. Tellement que Kōta n'arrivait plus à lui grimper sur sa tête.

Donc il s'en sortirait.

Il était si grand et si fort qu'il avait maintenant bien plus d'espace pour supporter le chagrin.

Des vagues de lourd sommeil l'assaillaient encore et encore.

Une grande main caressa sa tête. Puis elle lui chatouilla la gorge et le gratta derrière les oreilles.

Kōta s'entendit ronronner.

"Arrêtez, si vous continuez comme ça, je vais m'endormir, moi ! Et je ne suis plus capable de me réveiller."

"Kōta !" Il crut entendre la voix de Hiromi.

Hiromi.

Hiromi. Hiromi. Hiromi.

C'est un beau nom, tu sais. Tes copains peuvent s'en moquer, ce n'est pas grave.

Masahiro s'appelle comme ça parce que ton père s'appelle Kazumasa, et toi, tu t'appelles Hiromi avec le "mi" du nom de ta mère. Et le "Hiro" de ton frère. Et mon nom à moi s'écrit avec le caractère de "Hiro", lu "Kō".

Aucune autre famille n'est aussi liée que la nôtre par les prénoms.

S'il te plaît, dis à ton père qu'il a bien choisi ton nom…

*

Son père vint le chercher à l'aéroport.

Par l'autoroute, il fallait une heure jusqu'à la maison.

— Va vite à l'intérieur !

Il laissa son père pour ranger la voiture au garage et courut dans la maison. Il se déchaussa sans prendre la peine de ranger ses chaussures.

Kōta était couché sur un coussin, à l'endroit le plus chaud du séjour. Sa mère veillait sur lui, les yeux gonflés d'avoir pleuré.

— Il respire encore ?

Elle hocha la tête. Kōta vivait encore.

Il s'approcha d'eux en tremblant, se mit à genoux et caressa la petite tête tigrée.

Il lui chatouilla la gorge, puis le gratta derrière les oreilles.

Kōta se mit à ronronner. Il était vivant.

— Kōta !

Sa voix était étranglée, comme l'était le ronronnement.

Ils se relayèrent tous les trois pour le caresser. Le chat continuait à y répondre de la gorge.

L'aube était presque arrivée lorsque le ronronnement s'arrêta.

Il s'est endormi, pensèrent-ils. Mais il ne ronronna jamais plus.

Aucun d'entre eux n'était triste.

Ils partageaient un sentiment de gratitude.

— Il t'a attendu, Hiromi, dit la mère d'une voix apaisée. Il ne voulait pas que tu associes ton premier voyage à un triste souvenir.

Son père rit.

— Un chat grimpeur, un chat artiste, un chat qu'on portait comme un bébé, et un chat attentionné au moment ultime. Un chat aux multiples talents.

— Papa… Je trouve mon prénom très bien.

Hiromi ne comprit pas ce qui lui fit dire cela. Les mots sortirent de sa bouche d'eux-mêmes.

— Qu'est-ce que tu racontes ?

— Je voulais te le dire.

Il caressa le corps encore tiède de Kōta.

— Si je devais renaître, je voudrais que ça soit de nouveau avec maman et toi comme parents. Et que vous m'appeliez Hiromi, et que nous ayons de nouveau Kōta comme chat.

— Tu as oublié Masahiro, lui fit remarquer sa mère.

— S'il est d'accord, il sera le bienvenu !

Il le serait probablement.

— Mais il faudra nous donner les mêmes prénoms !

— Oui, d’accord…

Son père n’avait pas changé d’expression. Il paraissait ne pas tout à fait comprendre.

fin.

TABLE

Ouvrage réalisé par l'atelier graphique Actes Sud, reproduit et achevé d'imprimer en octobre 2023 par Normandie Roto Impression s.a.s. à Lonrai pour le compte des éditions Actes Sud, Le Méjan, place Nina-Berberova, 13200 Arles.
Dépôt légal 1re édition : Novembre 2023
N° impr. : 2303703
(Imprimé en France)